SCORTA
O Sol dos

Laurent
Gaudé

SCORTA
O Sol dos

Tradução
Maria Helena Rouanet

EDITORA
NOVA
FRONTEIRA

Título original: LE SOLEIL DES SCORTA

Copyright © Actes Sud 2004

Direitos de edição da obra em língua portuguesa no Brasil adquiridos pela EDITORA NOVA FRONTEIRA S.A. Todos os direitos reservados. Nenhuma parte desta obra pode ser apropriada e estocada em sistema de banco de dados ou processo similar, em qualquer forma ou meio, seja eletrônico, de fotocópia, gravação etc., sem a permissão do detentor do copirraite.

Cet ouvrage, publié dans le cadre du programme d'aide à la publication, bénéficie du soutien du Ministère français des Affaires Etrangères.

Este livro, publicado no âmbito do programa de participação à publicação, contou com o apoio do Ministério francês das Relações Exteriores.

EDITORA NOVA FRONTEIRA S.A.
Rua Bambina, 25 – Botafogo – 22251-050
Rio de Janeiro – RJ – Brasil
Tel.: (21) 2131-1111 – Fax: (21) 2537-2659
http://www.novafronteira.com.br
e-mail: sac@novafronteira.com.br

CIP-Brasil. Catalogação-na-fonte
Sindicato Nacional dos Editores de Livros, RJ.

G237s   Gaudé, Laurent
        O sol dos Scorta / Laurent Gaudé ; tradução Maria Helena Rouanet. – Rio de Janeiro : Nova Fronteira, 2005

        Tradução de: Le soleil des Scorta
        ISBN 85-209-1733-X

        1. Romance francês. I. Rouanet, Maria Helena. II. Título.

CDD 843
CDU 821.133.1-3

Para Elio, um pouco do sol dessas terras corre em suas veias, que ele ilumine o seu olhar.

Camminiamo una sera sul fianco di un colle,
In silenzio. Nell'ombra del tardo crepuscolo
Mio cugino è un gigante vestito di bianco
Che si muove pacato, abbronzato nel volto,
Taciturno. Tacere è la nostra virtù.
Qualche nostro antenato dev'essere stato ben solo
— un grand'uomo tra idioti o un povero folle —
per insegnare ai suoi tanto silenzio.

Caminhamos à tarde na encosta de um monte,
em silêncio. Na sombra do lento crepúsculo
o meu primo é um gigante vestido de branco,
que se move tranqüilo, queimado no rosto,
taciturno. Calar é a virtude dos nossos.
Algum velho ancestral se sentiu com certeza bem só
— ave rara entre os tolos ou pobre maluco —
para ensinar aos seus tanto silêncio.

Cesare Pavese, "Os mares do Sul", *Trabalhar cansa* (7Letras/CosacNaify, 2005). Tradução de Maurício Santanna Dias.

Sumário

I. As pedras quentes do destino 11

II. A maldição de Rocco 33

III. O retorno dos miseráveis 61

IV. A tabacaria dos taciturnos 83

V. O banquete 107

VI. Comedores de sol 129

VII. Tarantela 157

VIII. O mergulho do sol 185

IX. Terremoto 205

X. A procissão de santo Elias 217

I
As pedras quentes do destino

1.

As pedras quentes do destino

O CALOR DO SOL PARECIA RACHAR a terra. Nem um sopro de vento fazia as oliveiras estremecerem. Tudo estava imóvel. O perfume das colinas se dissipara. A pedra gemia de calor. O mês de agosto pesava sobre o maciço do Gargano com a segurança de um patrão. Era impossível acreditar que pudesse ter chovido algum dia naquelas terras. Que a água houvesse irrigado os campos e saciado as oliveiras. Impossível acreditar que uma vida animal ou vegetal tivesse podido encontrar — sob esse céu seco — alguma forma de se alimentar. Eram duas horas da tarde e a terra estava condenada a arder.

Por uma estrada de terra, um asno vinha avançando lentamente. Fazia cada curva da estrada resignado. Nada vencia sua obstinação. Nem o ar ardente que respirava. Nem as pedras pontudas que danificavam seus cascos. Vinha avançando. E seu cavaleiro parecia uma sombra condenada a um castigo milenar. O homem não se movia. Embotado pelo calor. Deixando que a montaria se encarregasse de os levar a ambos até o fim da estrada. O animal cumpria sua tarefa com uma vontade surda que desafiava o dia. Lentamente, metro após metro, sem forças para apressar o passo, o asno ia engolindo os quilômetros. E o cavaleiro murmurava entre dentes palavras que se evaporavam no calor. "Nada poderá me vencer... O sol bem pode matar todos os lagartos das colinas, mas vou agüentar. Há muito que estou esperando...A terra pode chiar e meus cabelos, se incendiarem; estou na estrada e vou até o fim."

As horas iam passando assim, numa fornalha que desbotava qualquer cor. Enfim, depois de uma curva, surgiu o mar. "Chegamos ao fim do mundo", pensou o homem. "Há quinze anos que sonho com esse momento."

Lá estava o mar. Como uma poça imóvel que só servia para refletir o poder do sol. A estrada não passara por nenhuma aldeia, não cruzara nenhuma outra estrada; apenas ia se embrenhando cada vez mais por aquelas terras. O surgimento do mar imóvel, luzidio ao calor, impunha a certeza de que a estrada não levava a lugar nenhum. Mas o asno seguia adiante. Estava disposto a entrar pela água adentro com aquele mesmo passo lento e decidido, se seu dono assim lhe pedisse. O cavaleiro não se movia. Estava tomado por uma vertigem. Talvez tivesse se enganado. Até onde a vista alcançava, só havia as colinas e o mar, confundidos. "Peguei a estrada errada", pensou ele. "Já deveria estar vendo a aldeia. A menos que ela tenha recuado. É isso. Ela deve ter pressentido minha chegada e recuou até o mar para que eu não conseguisse alcançá-la. Vou mergulhar nessas águas, mas não desisto. Até o fim. Vou seguir em frente. E quero minha vingança."

O asno alcançou o cume daquela que parecia ser a última colina do mundo. Foi então que viram Montepuccio. O homem sorriu. A aldeia se mostrava inteira. Uma pequena aldeia branca, com casas pegadas umas às outras, no topo de um promontório que dominava a calma profunda das águas. Essa presença humana numa paisagem tão desolada deve ter parecido bem cômica para o asno, mas ele não riu e continuou estrada afora.

Quando chegou às primeiras casas da aldeia, o homem murmurou: "Se um deles estiver aí e tentar me impedir de passar, derrubo-o com um soco." Observava detalhadamente cada esquina. Mas logo se tranqüilizou. Tinha feito a escolha certa. A essa hora da tarde, a aldeia estava imersa na morte. As ruas estavam desertas. As janelas, fechadas. Até os cães haviam desaparecido. Era a hora da sesta e, mesmo que a terra tremesse, ninguém se aventuraria a sair de casa. Rezava a lenda que, certo dia, nessa hora, um homem que se atrasara pelos campos havia cruzado a praça da aldeia. Até que conseguisse alcançar a sombra das casas, o sol já o deixara louco. Como se os raios lhe houvessem queimado o cérebro. Todos em Montepuccio acreditavam nessa história. A praça era pequena, mas tentar atravessá-la a essa hora era se condenar à morte.

O asno e seu cavaleiro iam subindo lentamente aquela que ainda era, nesse ano de 1875, a via Nuova — e, mais tarde, passaria a se chamar corso Garibaldi. Era evidente que o cavaleiro sabia aonde estava indo. Ninguém o viu. Sequer cruzou com um desses gatos magros que pululam em meio à sujeira das sarjetas. Não procurou pôr seu asno na sombra, nem se sentar num banco qualquer. Ia em frente. E sua obstinação se tornava aterradora.

"Nada mudou por aqui", murmurou ele. "As mesmas ruas nojentas. As mesmas fachadas sujas."

Foi então que o padre Zampanelli o viu. O vigário de Montepuccio, que todos chamavam dom Giorgio, havia esquecido o breviário no quintalzinho pegado à igreja que lhe servia de horta. Pela manhã, trabalhara ali por duas horas e acabara de lhe ocorrer que fora decerto naquele local, sobre o banco de madeira, perto da cabana de ferramentas, que havia deixado o livro. Saiu para a rua como se sai durante uma tempestade, o corpo recurvado, os olhos apertados, prometendo a si mesmo que iria até lá o mais depressa possível para não expor demais a carcaça àquele calor que enlouquece. Foi então que viu asno e cavaleiro passando pela via Nuova. Deteve-se por um segundo e, instintivamente, se persignou. Depois voltou para se proteger do sol por detrás das pesadas portas de madeira de sua igreja. O mais espantoso não foi que não lhe tenha ocorrido dar o alarme, ou interpelar o desconhecido para saber quem era ou o que queria (viajantes eram raros e dom Giorgio conhecia cada paroquiano pelo nome), mas sim que, de volta à sua cela, ele nem tenha pensado mais naquilo. Deitou-se e mergulhou no sono sem sonhos das sestas de verão. Persignara-se diante daquele cavaleiro como para eliminar uma aparição. Dom Giorgio não reconheceu Luciano Mascalzone. Como poderia? O homem não tinha mais nada do que fora antigamente. Estava agora com uns quarenta anos, mas suas faces eram encovadas como as de um velho.

Luciano Mascalzone perambulou pelas ruas estreitas da velha aldeia adormecida. "Levou muito tempo, mas estou de volta. Estou aqui. Vocês ainda não sabem disso, porque estão dormindo. Passo diante de suas casas. Debaixo de suas janelas. E vocês nem desconfiam. Estou aqui, e vim buscar o que é meu." Perambulou até que seu asno estancou. De repente. Como se o velho animal soubesse exatamente que era ali que tinha de ir, que era ali que terminava sua luta contra o fogo do sol. Parou bem diante da casa dos Biscotti, e não mais se moveu. O homem pulou no chão com estranha agilidade e bateu à porta. "Aqui estou novamente", pensou ele. "Quinze anos acabam de ser apagados."Transcorreu um tempo interminável. Luciano pensou em bater outra vez, mas a porta se abriu com suavidade. À sua frente, uma mulher de uns quarenta anos. De penhoar. Ela o fitou longamente, sem dizer nada. Nenhuma expressão lhe passou pelo rosto. Nem medo, nem alegria, nem surpresa. Fitava-o bem dentro dos olhos como que tentando avaliar o que estaria para acontecer. Luciano não se movia. Parecia à espera de um sinal da mulher, um gesto, um franzir de sobrancelhas. Esperava. Esperava, e seu corpo tinha se enrijecido. "Se tentar fechar a porta," pensou ele, "se esboçar um único gesto de recuo, vou dar um pulo, arrombar a porta e violentá-la". Ele a comia com os olhos, à espreita do menor sinal que viesse romper aquele estado de silêncio. "Ela é ainda mais bonita do que eu tinha imaginado. Não morreria à toa hoje." Podia adivinhar o corpo por debaixo do penhoar, o que fazia crescer dentro dele um violento apetite. Ela não dizia nada. Deixava o passado voltar à tona da memória. Reconhecera o homem que estava à sua frente. Sua presença aqui, no umbral da porta, era um enigma que sequer tentava decifrar. Simplesmente, deixava que o passado voltasse a invadi-la. Luciano Mascalzone. Era ele mesmo. Quinze anos depois. Ela o fitava sem ódio nem amor. Fitava-o como quem olha o destino cara a cara. Já lhe pertencia. Não havia por que lutar. Pertencia a ele. E, como ele voltara, quinze anos depois, e viera bater à sua porta, ela lhe daria o que quer que ele pedisse. Concordaria. Ali, no umbral da porta, concordaria com tudo.

    Para romper o silêncio e a imobilidade que os cercava, soltou a maçaneta. Esse simples gesto bastou para tirar Luciano da expectativa. Lia, agora, em seu rosto, que ela estava ali; que não tinha medo; que podia fazer com ela o que bem entendesse. Entrou apressado, como se não quisesse deixar nenhum perfume no ar.

    Um homem sujo e poeirento entrava na casa dos Biscotti, na hora em que os lagartos sonham em ser peixes, e as pedras não viram nada de mal nisso.

    Luciano entrou na casa dos Biscotti. Esse passo ia lhe custar a vida. Sabia disso. Sabia que, quando saísse dessa casa, as pessoas estariam novamente nas ruas, a vida teria recomeçado, com suas leis e suas lutas, e deveria pagar. Sabia que seria reconhecido. E que o matariam. Voltar aqui, a essa aldeia, e entrar nessa casa equivalia a morrer. Pensara em tudo isso. Optara por chegar nessa hora de calor abrasador, quando até os gatos foram ofuscados pelo sol, pois sabia que, se as ruas não estivessem desertas, não conseguiria nem mesmo alcançar a praça principal. Sabia disso tudo e a certeza da infelicidade não o fez estremecer. Penetrou na casa.

Seus olhos custaram a se acostumar à penumbra. Ela estava de costas. Ele a seguiu por um corredor que pareceu interminável. Chegaram então a um quartinho. Não havia barulho algum. O frescor das paredes era como uma carícia. Foi quando ele a tomou nos braços. Ela não disse nada. Despiu-a. Ao vê-la nua, assim, na sua frente, não conteve um murmúrio: "Filomena..." Ela estremeceu da cabeça aos pés. Ele nem ligou. Sentia-se radiante. Estava fazendo o que jurara fazer. Estava vivendo a cena que imaginara milhares de vezes. Quinze anos de prisão pensando apenas nisso. Sempre achou que, quando despisse essa mulher, um prazer bem maior que o dos corpos fosse se apossar dele. O prazer da vingança. Mas estava enganado. Não havia vingança. Havia apenas dois seios pesados que segurava na palma das mãos. Havia apenas um perfume de mulher que o cercava por todo lado, quente e obsedante. Desejara tanto esse momento que, agora, mergulhava nele, perdia-se nele, esquecendo o resto do mundo, esquecendo o sol, a vingança e o olhar sombrio da aldeia.

Quando ele a possuiu entre os lençóis frescos da cama de casal, ela suspirou como uma virgem, com um sorriso nos lábios, com surpresa e volúpia, e se entregou sem resistir.

A VIDA TODA, LUCIANO MASCALZONE foi o que as pessoas da região chamavam, cuspindo no chão, "um patife". Vivia de furtos, roubo de gado, assaltos a viajantes. Talvez houvesse até matado algumas pobres almas pelas estradas do Gargano, mas ninguém tinha certeza disso. Contavam-se tantas histórias que não podiam ser comprovadas... Apenas uma coisa era certa: aquele indivíduo tomara "o mau caminho" e era preciso ficar longe dele.

Em sua época de glória, isto é, no auge de sua carreira de salteador, Luciano Mascalzone vinha muito a Montepuccio. Não era nascido na aldeia, mas adorava o lugar e passava ali boa parte de seu tempo. Foi lá que viu Filomena Biscotti. A moça de família modesta mas honrada tornou-se, para ele, uma verdadeira obsessão. Sabia que sua reputação não lhe permitia ter qualquer esperança de que ela viesse a ser sua; pôs-se, então, a desejá-la como os bandidos desejam as mulheres. Possuí-la, nem que só por uma noite: essa idéia fazia seus olhos brilharem à luz quente dos fins de tarde. Mas o destino não lhe deu esse prazer brutal. Na manhã de um dia sem glória, cinco carabineiros vieram buscá-lo na pensão em que tinha se hospedado. Levaram-no sem qualquer contemplação. Foi condenado a quinze anos de prisão. Montepuccio se esqueceu dele, feliz por ter se livrado daquele mau elemento que ficava de olho em todas as jovens da aldeia.

Na prisão, Luciano Mascalzone teve todo o tempo do mundo para reavaliar sua vida. Tinha se dedicado a pequenos roubos sem grande importância. O que havia feito, afinal? Nada. O que havia vivido que pudesse lhe ocorrer, agora, como recordação na cadeia? Nada. Uma vida tinha transcorrido, nula e sem maiores atrativos. Não havia desejado nada, tampouco perdido nada, já que não tinha realizado nada. Pouco a pouco, nessa vasta extensão de tédio que fora a sua existência, o desejo que sentia por Filomena Biscotti lhe pareceu a única ilha a salvar todo o resto. Quando estremeceu, ao segui-la pelas ruas, teve a sensação de estar vivo a ponto de sufocar. Aquilo resgatava tudo o mais. Foi então que jurou a si mesmo que, quando saísse da prisão, iria saciar esse desejo brutal, o único que jamais havia experimentado. Custasse o que custasse. Possuir Filomena Biscotti e morrer. O resto, todo o resto, não tinha a menor importância.

LUCIANO MASCALZONE SAIU DA CASA de Filomena Biscotti sem trocar uma palavra com ela. Tinham adormecido lado a lado, deixando que o cansaço do amor se apoderasse de ambos. Ele dormiu como não fazia há muito tempo. Um sono sereno que tomou conta de todo o seu corpo. Um profundo sossego da carne, uma sesta de rico, sem apreensões.

Diante da porta, encontrou seu asno ainda recoberto da poeira da viagem. Nesse momento, sabia que a contagem regressiva tinha começado. Rumava para a morte. Sem hesitação. O calor diminuíra. A aldeia recuperara a vida. Às portas das casas vizinhas, algumas velhas, vestidas de preto, estavam sentadas em cadeiras capengas e conversavam baixinho comentando a presença inusitada daquele asno, tentando atribuir um nome a seu possível dono. O surgimento de Luciano mergulhou as vizinhas num silêncio estupefato. Ele sorriu mentalmente. Era tudo exatamente como havia imaginado. "Esses imbecis de Montepuccio não mudaram nada", pensou. "O que é que estão pensando? Que tenho medo deles? Que vou tentar fugir agora? Não tenho mais medo de ninguém. Vão me matar hoje. Mas isso não é o bastante para me aterrorizar. Estou vindo de bem longe para isso. Sou inatingível. Será que poderiam me entender? Estou muito além dos golpes que vão desferir contra mim. Gozei. Nos braços dessa mulher. Gozei. E é melhor que tudo acabe aí, pois, de agora em diante, a vida será triste e sem graça, como o restinho de vinho no fundo de uma garrafa." Pensando nisso, ocorreu-lhe uma última provocação, para desafiar os olhares escrutadores das vizinhas e deixar bem claro que não temia absolutamente nada: fechou a braguilha ostensivamente no umbral da porta. Depois, montou no asno e tomou o caminho de volta. Às suas costas, ouviu as velhas recomeçarem a se agitar ainda mais. A notícia acabava de nascer e já começava a se propagar, de uma casa à outra, de quintal a varanda, transmitida por aquelas velhas bocas desdentadas. O rumor ia aumentando às suas costas. Cruzou de novo a praça central de Montepuccio. As mesas dos cafés estavam outra vez do lado de fora. Aqui e ali, alguns homens conversavam. Todos se calaram ao vê-lo passar. As vozes, às suas costas, só faziam aumentar. Quem será? De onde vem? Alguns, então, o reconheceram, em meio à incredulidade geral. Luciano Mascalzone. "Sou eu mesmo", pensou ele, passando diante daqueles rostos atônitos. "Não percam seu tempo olhando para mim desse jeito. Sou eu. Não tenham dúvida. Façam o que estão loucos para fazer, ou deixem-me passar, mas não fiquem me olhando com esses olhos de animais. Estou passando bem no meio de vocês. Lentamente. Não estou tentando fugir. Vocês são moscas. Grandes moscas horrorosas. E eu os enxoto com a mão." Luciano ia seguindo adiante, descendo a via Nuova. Agora, uma multidão silenciosa o acompanhava num cortejo. Os homens de Montepuccio haviam deixado os cafés, as mulheres se postaram às varandas e chamavam por ele: "Luciano Mascalzone? É você mesmo?" "Luciano? Seu filho de uma cadela, só mesmo alguém muito abusado como você para ousar voltar aqui!"

"Levante um pouco essa cabeça de cornudo, Luciano, para eu ver se é você mesmo." Ele não respondia. Continuava olhando fixo para o horizonte, com um ar enfadado, sem apressar o passo do animal. "As mulheres vão gritar", pensou ele. "E os homens vão bater. Sei de tudo isso." A multidão ia se tornando cada vez maior. Agora, uns vinte homens vinham em seu encalço. E ao longo de toda a via Nuova, mulheres o espinafravam da varanda, da porta de casa, segurando os filhos no colo, persignando-se ao vê-lo passar. Quando chegou diante da igreja, no mesmo local onde cruzara com dom Giorgio algumas horas antes, uma voz mais forte que as demais se fez ouvir: "Mascalzone, hoje é o dia de sua morte." Só então ele virou a cabeça e toda a aldeia pôde ver em seus lábios um terrível sorriso de desafio que os deixou enregelados. Esse sorriso dizia que ele sabia. E que, acima de tudo, os desprezava. Que tinha conseguido o que viera buscar e levaria esse prazer para o túmulo. Assustadas com a cara do forasteiro, algumas crianças começaram a chorar. E a uma só voz, as mães deixaram escapar essa exclamação devota: "É o diabo em pessoa!"

    Chegou enfim à saída da aldeia. A última casa estava logo ali, a uns poucos metros. Depois dela, só havia aquela longa estrada de pedras e oliveiras que desaparecia nas colinas.

    Um grupo de homens surgiu do nada, bloqueando a passagem. Estavam armados com enxadas e picaretas. Tinham o rosto duro. Comprimiam-se uns contra os outros. Luciano Mascalzone deteve o asno. Fez-se um longo silêncio. Ninguém se movia. "Então, é aqui que vou morrer. Diante da última casa de Montepuccio. Qual desses aí vai ser o primeiro a me atacar?" Sentiu um longo suspiro percorrer os flancos do animal e, como resposta, deu-lhe um tapinha na escápula. "Será que esses matutos vão se lembrar ao menos de dar de beber a meu asno, depois de acabarem comigo?" Aprumou-se novamente, olhando fixo o grupo de homens que não se mexia. Nos arredores, as mulheres tinham se calado. Ninguém mais ousava fazer um gesto sequer. Um cheiro acre chegou então até ele: foi o último que sentiu. O cheiro forte dos tomates secos. Em todas as varandas, as mulheres tinham posto grandes tabuleiros de madeira onde secavam os tomates cortados em quatro. O sol se encarregava de tostá-los. Ao passar das horas, eles iam se encolhendo, como insetos, e soltavam esse odor enjoativo e ácido. "Os tomates secando nas varandas vão viver mais que eu."

De repente, uma pedra o atingiu em cheio na cabeça. Ele não teve nem forças para se virar. Fez um esforço para se manter na sela, bem ereto. "Então, é assim," pensou ele ainda, "é assim que vão me matar. Apedrejado como um excomungado". Uma segunda pedra o atingiu nas têmporas. Desta vez, a violência do choque o fez vacilar. Caiu na poeira do chão, com os pés presos aos estribos. O sangue lhe escorria pelos olhos. Ainda ouvia gritos ao seu redor. Os homens se inflamavam. Cada qual pegando uma pedra. Todos queriam acertá-lo. Uma espessa chuva de pedras lhe martelou o corpo. Podia sentir as pedras quentes da região ferindo-o. Ainda estavam ardentes por causa do sol e espalhavam por toda volta o cheiro seco das colinas. Sua camisa estava encharcada de sangue quente e grosso. "Estou caído. Não estou resistindo. Batam. Batam. Não matarão nada que já não esteja morto. Batam. Não tenho mais forças. O sangue está se esvaindo. Quem jogará a última pedra?" Estranhamente, a última pedra não vinha. Por um momento, chegou a pensar que os homens, em sua crueldade, estivessem querendo prolongar sua agonia, mas não era nada disso. O padre acabava de chegar e tinha se intrometido entre os homens e sua vítima. Chamava-os de monstros incitando-os a parar com aquilo. Logo Luciano sentiu que ele se ajoelhava a seu lado. Seu hálito penetrava em seus ouvidos: "Estou aqui, meu filho. Estou aqui. Agüente firme. Dom Giorgio vai cuidar de você." A chuva de pedras não recomeçava e Luciano Mascalzone adoraria poder afastar o padre para que os moradores de Montepuccio acabassem o que tinham começado, mas não tinha mais forças. A intervenção do padre era inútil. Só fazia prolongar o tempo de sua agonia. "Deixe que me apedrejem com raiva e selvageria. Deixe que me pisoteiem e vamos acabar logo com isso." Era o que queria dizer a dom Giorgio, mas nenhum som lhe saía da garganta.

Se o vigário de Montepuccio não houvesse se intrometido entre a multidão e sua vítima, Luciano Mascalzone teria morrido feliz. Com um sorriso nos lábios. Como um conquistador saciado de vitória e morto em combate. Mas ele durou um pouco mais do que deveria. A vida ia lhe escapando tão lentamente que teve tempo de ouvir o que gostaria de ter ignorado para sempre.

Os aldeões tinham se agrupado em redor do corpo e, já que não podiam continuar com a matança, insultavam-no. Luciano ainda ouvia aquelas vozes como os últimos gritos do mundo. "Vai aprender a não vir mais aqui." "Nós tínhamos avisado, Luciano, hoje era o dia de sua morte." E, depois, veio aquela outra invectiva que fez a terra tremer debaixo de seu corpo: "Immacolata é a última mulher que você vai violentar, seu filho-da-puta." O corpo sem forças de Luciano estremeceu da cabeça aos pés. Por detrás das pálpebras cerradas, seus olhos se reviraram. Immacolata? Por que diabos eles falavam de Immacolata? Quem era essa mulher? Foi com Filomena que ele fez amor. O passado ressurgiu diante de seus olhos. Immacolata. Filomena. As imagens de outrora se misturavam aos risos carniceiros da multidão que o cercava. Revia tudo. E compreendeu. Enquanto os homens ao seu redor continuavam a berrar, ele pensava:

"Por muito pouco não morri feliz... Uns poucos segundos. Alguns segundos a mais... Senti o impacto das pedras quentes em meu corpo. E foi bom... Foi assim mesmo que imaginei as coisas. O sangue escorrendo. A vida se esvaindo. Até o fim, o sorriso, para desafiá-los... Foi por pouco, mas não terei essa satisfação. A vida me deu uma última rasteira... Posso ouvi-los rindo ao meu redor. Os homens de Montepuccio estão rindo. A terra que bebe meu sangue está rindo. O asno e os cachorros também. Olhem só o Luciano Mascalzone que achou que estava possuindo Filomena e desvirginou a irmã dela. Olhem só o Luciano Mascalzone que achava que ia morrer triunfante e está caído aí, na poeira do chão, com a máscara do ridículo no rosto... O destino me pregou uma peça. Deliciado. E o sol está rindo de meu erro... Desperdicei a vida. Desperdicei a morte... Sou Luciano Mascalzone e cuspo nesse destino que debocha dos homens."

Foi mesmo com Immacolata que Luciano fez amor. Filomena Biscotti tinha morrido de embolia pulmonar pouco tempo depois que Mascalzone foi preso. Sua irmã caçula sobreviveu, última remanescente dos Biscotti, e ficou morando na casa da família. O tempo passou. Os quinze anos de cadeia. E, lentamente, Immacolata foi ficando parecida com a irmã. Tinha o rosto que Filomena poderia ter tido se houvesse envelhecido. Immacolata ficou solteira. Parecia que a vida tinha se desinteressado dela, e que, em toda a sua existência, ela não chegaria a conhecer outra aventura além da mudança das estações. Nesses anos de tédio, chegou a pensar várias vezes naquele homem que cortejava sua irmã quando ela ainda era uma criança, e isso sempre lhe dava uma espécie de arrepio de prazer. Ele era assustador. Seu sorriso de bandido a obsedava. Ao lembrar dele, sentia a embriaguez da excitação.

Quando abriu a porta, quinze anos depois, e viu, plantado à sua frente, aquele homem que não pedia nada, pareceu-lhe evidente que deveria se curvar à força surda do destino. Ali estava o bandido. Diante dela. Nunca lhe acontecera nada. Agora tinha a embriaguez ao alcance da mão. Mais tarde, no quarto, quando ele murmurou o nome de sua irmã diante de seu corpo nu, ela empalideceu. Compreendeu imediatamente que ele a tomava pela outra. Teve um instante de hesitação. Será que devia afastá-lo? Revelar o engano? Não tinha a mínima vontade de fazer isso. Ele estava ali, à sua frente. E se achar que ela era a irmã podia aumentar ainda mais o seu prazer, ela estava disposta a lhe conceder esse luxo. Não havia mentira nisso. Concordou com tudo o que ele queria simplesmente para ser a mulher de um homem ao menos uma vez na vida.

Dom Giorgio começou a ministrar a extrema-unção ao moribundo. Mas Luciano já não o ouvia. Contorcia-se de raiva.

"Sou Luciano Mascalzone e morro ridicularizado. Uma vida inteira para chegar a esse fiasco. E, no entanto, isso não muda nada. Filomena ou Immacolata. Pouco importa. Estou satisfeito. Quem poderia entender isso?... Passei quinze anos pensando nessa mulher. Passei quinze anos pensando nessa trepada e no alívio que ela me traria. Assim que saí da cadeia, fiz o que devia fazer. Fui até aquela casa, fiz amor com a mulher que estava ali. Mantive minha promessa. Quinze anos pensando apenas nisso. Se o destino decidiu me passar a perna, quem pode lutar contra ele? Não tenho condições de inverter o curso dos rios, nem de apagar a luz das estrelas... Eu era um homem. Fiz tudo o que um homem pode fazer. Ir até lá, bater àquela porta e fazer amor com a mulher que veio abrir... Eu era apenas um homem. Quanto ao resto, ao fato de o destino zombar de mim, não posso fazer nada... Sou Luciano Mascalzone e vou descer às profundezas da morte para não ouvir mais os rumores do mundo que debocha de mim..."

Morreu antes que o pároco da aldeia terminasse a oração. Teria rido muito se pudesse saber o que nasceria desse dia.

Immacolata Biscotti ficou grávida. A pobre mulher ia dar à luz um filho. Foi assim que nasceu a linhagem dos Mascalzone. De um erro. De um mal-entendido. De um pai bandido, assassinado duas horas depois da trepada, e de uma solteirona que se entregava a um homem pela primeira vez. Foi assim que nasceu a família dos

Mascalzone. De um homem que tinha se enganado. E de uma mulher que sustentou essa mentira porque o desejo lhe deixava as pernas bambas.

Uma família deveria nascer daquele dia de sol ardente, porque o destino quis brincar com os homens, como fazem às vezes os gatos, com a ponta das patas, com os pássaros feridos.

ESTÁ VENTANDO. O CAPIM RESSECADO se curva e as pedras assobiam. É um vento quente carregado dos ruídos da aldeia e dos odores marinhos. Estou velha e meu corpo estala como as árvores ao vento. Estou cansadíssima. Está ventando e eu me apóio no senhor para não cair. O senhor me dá o braço com gentileza. O senhor é um homem na força da idade. Sinto isso pelo vigor tranqüilo de seu corpo. Vamos até o fim. Segurando no senhor, não sucumbirei a cansaço algum. O vento assobia em nossos ouvidos e leva consigo algumas de minhas palavras. O senhor mal ouve o que digo. Não se preocupe. Prefiro assim. Que o vento leve um pouco do que estou dizendo. É mais fácil para mim. Não estou acostumada a falar. Sou uma Scorta. Meus irmãos e eu éramos os filhos da Muda, e Montepuccio inteira nos chamava "os taciturnos".

Está surpreso por me ouvir falar. É a primeira vez que faço isso em muito tempo. O senhor está em Montepuccio há vinte anos, talvez mais, e me viu mergulhar em silêncio. Pensou, como todos em Montepuccio, que *eu tinha penetrado nas águas gélidas da velhice e não voltaria mais. Então, hoje de manhã me apresentei ao senhor e lhe perguntei se podíamos conversar. E o senhor estremeceu. Era como se um cachorro ou a fachada de uma casa tivesse começado a falar. O senhor não imaginava que isso fosse possível. Foi por isso que aceitou esse encontro. Quer saber o que a velha Carmela tem a dizer. Quer saber por que fiz o senhor vir até aqui, de noite. O senhor me dá o braço e eu o levo por essa estradinha de terra. Deixamos a igreja à nossa esquerda. Demos as costas à aldeia e sua curiosidade está aumentando. Agradeço-lhe por sua curiosidade, dom Salvatore. Ela me ajuda a não desistir.*

Vou lhe dizer por que voltei a falar. É porque, ontem, comecei a perder o juízo. Não ria. Por que está rindo? Acha que não se pode ser lúcido o bastante para dizer que se está perdendo o juízo quando se está realmente perdendo o juízo? Está enganado. Em seu leito de agonia, meu pai disse "estou morrendo", e morreu. Estou perdendo o juízo. Começou ontem. E, de agora em diante, meus dias estão contados. Ontem, estava pensando na vida, como faço tantas vezes. E não consegui me lembrar do nome de um homem que conheci muito bem. Penso nele quase todos os dias, há sessenta anos. Ontem, seu nome me fugiu. Por uns segundos, minha memória se tornou uma imensidão branca sobre a qual eu não tinha domínio algum. Não durou muito. O nome voltou à tona. Korni. Era assim que o homem se chamava. Korni. Consegui me lembrar, mas, se pude esquecer esse nome por um instante que fosse, é que minha mente capitulou e tudo vai desaparecer lentamente. Sei disso. Foi por isso que fui procurá-lo hoje de manhã. Preciso falar, antes que tudo seja tragado. É por isso também que lhe trouxe este presente. É um objeto que gostaria que o senhor guardasse. Vou lhe falar dele. Vou lhe contar sua história. Queria que o senhor o pendurasse na nave da igreja, em meio aos ex-votos. É um objeto ligado a Korni. Ele vai ficar bem ali, pendurado na parede da igreja. Não posso mais mantê-lo em casa. Corro o risco de acordar de manhã sem me lembrar de sua história e da pessoa a quem eu o destinava.

Queria que o senhor o guardasse na igreja, e, depois o transmitisse a minha neta Anna, quando ela estiver crescida. Já terei morrido. Ou estarei caduca. O senhor fará isso e será como se eu estivesse falando com ela através dos anos. Olhe. Aqui está. É uma tabuinha que mandei entalhar, polir e laquear. No meio, mandei colar essa velha passagem de navio Nápoles–Nova York e, debaixo da passagem, um medalhão de cobre com uma inscrição gravada: "Para Korni. Que nos guiou pelas ruas de Nova York." Eu a confio ao senhor. Não se esqueça dela. É para Anna.

Vou falar, dom Salvatore. Mas ainda tenho uma coisa a fazer. Eu lhe trouxe cigarros para que o senhor fume a meu lado. Gosto de sentir o cheiro do tabaco. Fume, por favor. O vento levará a fumaça até o cemitério. Meus mortos adoram o cheiro do cigarro. Fume, dom Salvatore. Isso nos fará bem a ambos. Um cigarro pelos Scorta.

Tenho medo de falar. Está fresquinho aqui. O céu se curva para nos ouvir. Vou contar tudo. O vento leva minhas palavras. Deixe-me pensar que estou falando com ele e que o senhor quase não ouve o que digo.

II

A maldição de Rocco

IMMACOLATA JAMAIS SE REFEZ DAQUELE PARTO. Era como se todas as forças da solteirona tivessem sido absorvidas por aquele esforço da carne. Um nascimento era um acontecimento grande demais para aquele ser franzino que os anos haviam habituado à calma rasteira de uma vida de tédio. Seu corpo capitulou nos dias que se seguiram ao parto. Emagrecia a olhos vistos. Passava o dia inteiro na cama. Lançava olhadelas assustadas ao berço da criança com a qual não sabia o que fazer. Só teve tempo de dar um nome ao recém-nascido: Rocco. Mas não foi além disso. A idéia de ser boa ou má mãe sequer lhe passava pela cabeça. Era muito mais simples: havia um ser ali, a seu lado, gesticulando em seus cueiros; um ser que era pura demanda, e ela simplesmente não sabia como responder a esse apetite por tudo. Ainda era mais fácil morrer — e foi o que ela fez, num dia sem luz de setembro.

Dom Giorgio foi chamado e passou a noite inteira velando os despojos da solteirona, como de praxe. Algumas vizinhas tinham se oferecido para lavar o corpo e vesti-lo. Levaram o pequeno Rocco para o aposento contíguo e a noite transcorreu em meio a orações e sonolência. De manhãzinha, quando quatro rapazes vieram levar o corpo — dois apenas teriam bastado, de tão magra que ela era, mas dom Giorgio insistira, em nome do bom-tom —, o grupo de mulheres se aproximou do padre Zampanelli e uma delas lhe perguntou:

— E então, padre, é o senhor que vai fazer?

Dom Giorgio não entendeu.

— Fazer o quê? — indagou ele.

— O senhor sabe muito bem, padre.

— De que estão falando? — perguntou ele, impacientando-se.

— Dar cabo da criança... É o senhor que vai fazer?

O padre ficou sem fala. Diante de tal silêncio, a velha se animou e lhe explicou que a aldeia toda achava que seria a melhor coisa a fazer. A criança nascera de um bandido. A mãe acabava de morrer. Era um sinal evidente de que o Senhor estava punindo aquele coito antinatural. Era melhor matar o bebê que, de todo modo, chegara à vida pela porta errada. Foi por isso que todos pensaram nele, em dom Giorgio. Para deixar bem claro que não se tratava de vingança ou crime. As mãos dele estavam puras. Simplesmente devolveria ao Senhor a pequena aberração que não tinha nada a fazer aqui. A velha explicou tudo isso na maior inocência. Dom Giorgio estava lívido. A cólera o dominou inteiramente. Correu, então, para a praça da aldeia e se pôs a gritar.

—Vocês são um bando de incréus! O simples fato de uma idéia tão odiosa ter nascido em suas mentes bem demonstra que o diabo está dentro de vocês. O filho de Immacolata é uma criatura de Deus. Mais que qualquer um de vocês. Uma criatura de Deus, estão me ouvindo? E maldito seja aquele que tocar num único fio de seu cabelo! Vocês se dizem cristãos, mas não passam de animais. Sabem o que mereciam? Que eu os abandonasse à própria sorte e o Senhor os punisse. Esta criança está sob minha proteção, ouviram bem? E quem quer que ouse tocar num único fio de seu cabelo vai ter de se haver com a cólera divina. Toda essa aldeia fede a sujeira e ignorância. Voltem para seus campos. Suem como cães, pois isso é tudo que vocês sabem fazer. E agradeçam ao Senhor por Ele mandar alguma chuva de vez em quando, pois até isso é demais para vocês.

Quando acabou, dom Giorgio deixou os habitantes de Montepuccio entregues ao estupor e voltou para pegar a criança. Naquele mesmo dia, levou-a para San Giocondo, a aldeia mais próxima, um pouco mais ao norte, à beira-mar. Os dois vilarejos sempre tinham sido inimigos. Bandos rivais travavam batalhas legendárias. Pescadores enfrentavam-se regularmente no mar, rasgando as redes dos outros ou roubando-lhes a pescaria do dia. Confiou o recém-nascido a um casal de pescadores e voltou para sua paróquia. Certo domingo, na praça da igreja, quando uma pobre alma resolveu lhe perguntar o que havia feito com o pequeno Rocco, o padre respondeu:

— Para que quer saber, seu desgraçado? Você estava disposto a imolá-lo e, agora, se preocupa com ele? Levei a criança para a gente de San Giocondo, que vale muito mais que vocês.

Durante um mês inteiro, dom Giorgio se recusou a celebrar os ofícios. Não houve missa, nem comunhão, nem confissão. "No dia em que houver cristãos nesse lugarejo, cumprirei meu dever", dizia ele.

Mas o tempo passou e a fúria de dom Giorgio arrefeceu. Os habitantes de Montepuccio, acabrunhados como colegiais apanhados fazendo besteiras, se apinhavam diariamente às portas da igreja. A aldeia estava esperando. Cabisbaixa. Quando chegou o domingo dos Mortos, o vigário escancarou finalmente as portas da igreja e, pela primeira vez em muito tempo, soaram os sinos. "Também não vou punir os mortos porque seus descendentes são uns cretinos", resmungou dom Giorgio. E celebrou a missa.

Rocco cresceu e se tornou um homem. Tinha agora um novo nome — mistura do sobrenome de seu pai e dos pescadores que o haviam recolhido —, um novo nome que logo estaria na cabeça de todos os que viviam na região do Gargano: Rocco Scorta Mascalzone. Seu pai fora um ladrão, um vagabundo que vivia de pequenos furtos; já ele foi um verdadeiro bandoleiro. Só voltou a Montepuccio quando tinha idade suficiente para infligir terror à cidade. Atacava os camponeses nos campos. Roubava animais. Assassinava os burgueses que se perdiam pelas estradas. Pilhava as fazendas, extorquia pescadores e comerciantes. Vários carabineiros foram mandados para prendê-lo, mas eram encontrados nas margens das estradas, uma bala na cabeça, as calças baixadas, ou pendurados como bonecos nas figueiras-da-barbária. Era violento e insaciável. Ao que se dizia, tinha umas vinte mulheres. Quando já havia firmado sua reputação e dominava toda a região como um senhor feudal, voltou a Montepuccio como alguém que nada tem a esconder, rosto descoberto e cabeça erguida. Em vinte anos, as ruas não tinham mudado. Ao que parecia, tudo devia permanecer sempre idêntico em Montepuccio. A aldeia continuava a ser aquele punhado de casas, coladas umas às outras. Longas escadas sinuosas desciam até o mar. Havia milhares de caminhos possíveis através do emaranhado das ruelas. Os velhos iam e vinham, do porto à aldeia, subindo e descendo os degraus com a lentidão de uma mula que se poupa do sol, enquanto bandos de crianças corriam escadas abaixo sem nunca se cansar. A aldeia fitava o mar. A fachada da igreja era voltada para as ondas. Ano após ano, o vento e o sol iam polindo suavemente o mármore das ruas. Rocco se instalou na parte alta do vilarejo. Apropriou-se de um vasto terreno de difícil acesso e mandou construir uma linda fazenda bem grande. Rocco Scorta Mascalzone tinha ficado rico. Aos que por vezes lhe suplicavam que deixasse em paz os habitantes da aldeia, e fosse extorquir a gente das localidades vizinhas, respondia sempre a mesma coisa: "Calem-se, seus crápulas. Sou o seu castigo."

Foi num desses invernos que compareceu diante de dom Giorgio. Estava acompanhado por dois homens de cara sinistra e uma jovem de olhos assustados. Os homens traziam pistolas e carabinas. Rocco chamou o vigário e, quando este se virou, pediu que os casasse. Dom Giorgio se resignou. Quando, no meio da cerimônia, perguntou o nome da moça, Rocco sorriu constrangido e murmurou: "Não sei, padre." E, vendo que o vigário ficou ali parado, boquiaberto, perguntando-se se não estaria consagrando um rapto pelos laços do matrimônio, Rocco acrescentou: "Ela é surda e muda."

— Não tem um sobrenome? — insistiu dom Giorgio.

— Isso pouco importa — respondeu Rocco —, logo, logo ela vai ser uma Scorta Mascalzone.

O padre prosseguiu, preocupado com a idéia de estar cometendo algum erro grave pelo qual teria de responder diante do Senhor. Mas abençoou a união e encerrou a cerimônia com um profundo "amém", como quem diz "seja lá o que Deus quiser" quando lança os dados na mesa.

No momento em que o pequeno grupo ia montar novamente e desaparecer, dom Giorgio se armou de toda a coragem e gritou para o recém-casado:

— Rocco — disse ele —, fique mais um pouco. Quero falar com você.

Fez-se um longo silêncio. Com um gesto, Rocco mandou que os outros fossem embora e levassem sua mulher. Agora, dom Giorgio tinha recuperado o sangue-frio e a coragem. Algo no rapaz o intrigava, e sentia que podia conversar com ele. O bandoleiro que fazia tremer toda a região mantinha, para com ele, uma espécie de afeição, selvagem, mas real.

— Nós dois sabemos — principiou padre Zampanelli — como você vive. A região inteira está repleta das histórias de seus crimes. Os homens empalidecem ao vê-lo, e as mulheres se persignam só de ouvir seu nome. Você inspira medo aonde quer que vá. Por que aterrorizar assim os habitantes de Montepuccio, Rocco?

— É que sou louco, padre — respondeu o rapaz.

— Louco?

— É. Um pobre bastardo louco. O senhor sabe disso melhor que ninguém. Nasci de um cadáver e de uma velha. Deus zombou de mim.

— Deus não zomba de suas criaturas, meu filho.

— Ele me fez às avessas, padre. O senhor não diz nada porque é um homem da Igreja, mas, como todos os demais, pensa assim. Sou louco, sim. Um animal que não deveria ter nascido.

— Você é inteligente. Poderia ter escolhido outra maneira para se fazer respeitar.

— Hoje sou rico, padre. Mais rico que qualquer um desses cretinos de Montepuccio. E eles me respeitam por isso. É mais forte que eles. Eu os apavoro, mas isso não é o essencial. No fundo, não é medo o que sentem, mas inveja e respeito. Porque sou rico. É só nisso que pensam. Dinheiro. Dinheiro. E eu tenho muito mais que todos eles juntos.

— Você é rico assim porque roubou.

— O senhor está querendo me pedir para deixar esses matutos de Montepuccio em paz, mas não sabe como porque não consegue encontrar bons motivos para isso. E o senhor está certo, padre. Não há razão para eu os deixar em paz. Estavam dispostos a matar uma criança. Sou o castigo deles. É simples.

— Então, eu deveria ter deixado que o matassem — retrucou o vigário que vivia torturado por essa idéia. — Se hoje você assalta e mata essa gente, é como se eu próprio o fizesse. Não o salvei para fazer isso.

— Não venha me dizer o que devo fazer, padre.

— Estou dizendo o que o Senhor quer que você faça.

— Que Ele me castigue se minha vida O insulta. Que livre Montepuccio da minha presença.

— Rocco...

— As pragas, dom Giorgio. Lembre-se das pragas e pergunte ao Senhor porque Ele às vezes corrói a terra com incêndios e secas. Sou uma epidemia, padre. Apenas isso. Uma nuvem de gafanhotos. Um terremoto, uma doença infecciosa. Tudo está de pernas para o ar. Sou louco. Furioso. Sou a malária. E a fome. Pergunte ao Senhor. Estou aqui. E vou cumprir o tempo que me cabe.

Rocco se calou, montou seu cavalo e desapareceu. Naquela mesma noite, na calada de sua cela, padre Zampanelli interrogou o Senhor com toda a força de sua fé. Queria saber se tinha agido certo salvando a criança. Suplicou em suas preces, mas só o silêncio do céu lhe respondeu.

Em Montepuccio, o mito de Rocco Scorta Mascalzone cresceu ainda mais. Dizia-se que, se escolhera uma muda para se casar — uma muda que nem mesmo era bonita —, era para saciar seus desejos de animal. Para que ela não pudesse gritar quando ele a violentava ou lhe batia. Dizia-se também que, se tinha escolhido essa pobre criatura, era para ter a certeza de que ela não ouviria nada do que ele tramasse, não contaria nada do que soubesse. Sim, uma muda, para ter a certeza de que nunca seria traído. Sem dúvida alguma, aquele homem era o diabo.

Mas tiveram de admitir também que, desde o dia do casamento, Rocco não tocou mais num único fio de cabelo dos moradores de Montepuccio. Tinha ampliado sua área de atividade para além das terras da Puglia. E Montepuccio voltou a viver tranqüila, chegando mesmo a se orgulhar de abrigar uma celebridade. Dom Giorgio não deixou de agradecer ao Senhor pelo retorno da paz, que considerou uma resposta do Todo-Poderoso a suas modestas orações.

Rocco e a Muda tiveram três filhos: Domenico, Giuseppe e Carmela. Os moradores de Montepuccio quase não viam mais o bandoleiro. Estava sempre pelas estradas, tratando de ampliar sua área de atividade. Quando voltava para a fazenda, já era noite. Pelas janelas via-se a luz das velas. Ouviam-se risos, ruídos de banquetes. Aquilo durava vários dias e, depois, o silêncio voltava a reinar. Rocco nunca descia até a aldeia. Por diversas vezes, circulou a notícia de sua morte ou de sua captura, mas o nascimento de mais um filho surgia para desmenti-la. Rocco estava bem vivo. Prova disso é que a Muda vinha fazer compras e as crianças corriam pelas ruas do vilarejo. Rocco continuava lá, mas como uma sombra. De quando em quando, forasteiros cruzavam a aldeia sem dizer uma palavra. Vinham à frente das tropas de mulas abarrotadas de caixas e mercadorias. Todas essas riquezas afluíam para a grande propriedade taciturna do alto da colina e se empilhavam por lá. Rocco continuava ali, sim, já que remessas e mais remessas de mercadorias roubadas não paravam de subir ao seu encontro.

Já as crianças passavam a maior parte do tempo na aldeia. Mas eram condenadas a uma espécie de quarentena polida. A gente do lugar lhes dirigia a palavra o mínimo possível. As outras crianças eram instadas a não brincar com elas. Quantas vezes as mães de Montepuccio não disseram a seus filhos: "Você não deve brincar com aqueles três." E, quando o inocente perguntava por quê, a resposta era: "Porque são Mascalzone." E os pequenos Scorta acabaram aceitando tacitamente essa situação. Tinham reparado que, sempre que um dos meninos do vilarejo se aproximava, com vontade de brincar, surgia uma mulher do nada, dava-lhe um tapa e, puxando-o pelo braço, gritava: "Sua peste, o que foi que eu lhe disse?" E o infeliz se afastava aos prantos. Então, os três brincavam apenas entre si.

A única pessoa que vinha se juntar ao pequeno grupo era Raffaele, mas todos o chamavam pelo apelido: Faelucc'. Era um dos filhos de uma das famílias de pescadores mais pobres de Montepuccio. Raffaele ficou amigo dos Scorta e não os deixava, desconsiderando a proibição dos pais. Toda noite, quando voltava para casa, o pai lhe perguntava com quem tinha andado e o menino sempre repetia: "Com meus amigos." Então, toda noite o pai lhe dava uma surra, maldizendo os céus por terem lhe dado um filho tão cretino como aquele. Quando o pai estava ausente, era a mãe quem fazia a pergunta ritual. E a surra que lhe dava era ainda maior. Raffaele conseguiu agüentar isso por um mês. Toda noite levando uma surra. Mas o menino tinha um coração de ouro, e parecia-lhe impossível passar os dias de outro jeito que não fosse na companhia dos amigos. Ao cabo de um mês, cansados de tanto bater, seus pais pararam de fazer perguntas. Puseram uma pedra em cima daquela história, certos de que não deviam esperar mais nada de um filho como aquele. De agora em diante, a mãe o tratava como um bandido. À mesa, dizia-lhe: "Ei, seu delinqüente, passe o pão", e dizia isso sem rir, sem estar brincando, mas como simples constatação. Aquele menino estava perdido, e mais valia considerar que já não era seu filho.

NUM DIA DE FEVEREIRO DE 1928, Rocco apareceu no mercado. Vinha acompanhado da Muda e dos três filhos, todos endomingados. Essa aparição deixou o vilarejo estupefato. Há tanto tempo que ninguém o via... Tinha agora mais de cinqüenta anos. Ainda era robusto. Usava uma bela barba grisalha que escondia o rosto encovado. O olhar não tinha mudado. Continuava traindo, por momentos, algo de febril. Seus trajes eram nobres e elegantes. Passou o dia todo na aldeia. Indo de um café a outro. Aceitando os presentes que lhe davam. Ouvindo os pedidos que lhe faziam. Estava calmo e seu desprezo por Montepuccio parecia ter desaparecido. Rocco estava ali, passeando de barraca em barraca — e todos concordavam em dizer que, afinal de contas, um homem como aquele daria um bom prefeito.

O dia passou depressa. Uma chuvinha fria começou a molhar o corso. A família Scorta Mascalzone voltou para sua propriedade — deixando atrás de si os aldeões comentando aquela aparição inesperada. Quando anoiteceu, a chuva ficou mais forte. Fazia frio agora, e o mar estava agitado. O barulho das ondas subia pelas falésias.

Dom Giorgio tomou uma sopa de batatas no jantar. Também envelhecera. Ficara encurvado. As tarefas de que tanto gostava — cultivar seu terreninho, fazer obras de marcenaria na igreja —, todos aqueles trabalhos físicos não lhe eram mais permitidos. Emagrecera muito. Como se a morte, antes de ceifar os homens, precisasse torná-los mais leves. Estava velho, mas seus paroquianos ainda lhe eram devotadíssimos e nenhum deles seria capaz de ouvir a notícia da substituição do padre Zampanelli sem cuspir no chão.

Bateram à porta da igreja. Dom Giorgio se assustou. De início, achou que tinha ouvido mal — quem sabe não era o barulho da chuva? —, mas as batidas tornaram-se mais insistentes. Saiu da cama achando que devia se tratar de alguma extrema-unção.

À sua frente estava Rocco Scorta, molhado da cabeça aos pés. Dom Giorgio ficou imóvel; o bastante para encarar aquele homem e constatar a que ponto os anos haviam passado e modificado os seus traços. Pôde reconhecê-lo, mas queria observar os efeitos do tempo — como se observa minuciosamente o trabalho de um ourives.

— Padre — disse Rocco afinal.

— Entre, entre — respondeu dom Giorgio. — O que o traz aqui?

Rocco fitou o velho padre bem dentro dos olhos e, com voz doce, mas firme, declarou:

—Vim me confessar.

Foi assim que começou a conversa entre dom Giorgio e Rocco Scorta Mascalzone, na igreja de Montepuccio. Cinqüenta anos depois de o primeiro ter salvado a vida do segundo. Sem que tivessem voltado a se ver desde que o vigário celebrara o casamento. E a noite parecia não ser longa o bastante para conter tudo o que os dois homens tinham a dizer um ao outro.

— Nem pensar — respondeu dom Giorgio.

— Padre...

— Não.

— Padre — insistiu Rocco, determinado —, depois que tivermos conversado, voltarei para casa. Vou me deitar e morrer. Pode acreditar em mim. Estou dizendo o que vai acontecer. Não me pergunte por quê. É assim. Chegou minha hora. Sei disso. Estou aqui, à sua frente. Quero que me ouça e o senhor vai me ouvir porque é um servo de Deus e não pode ocupar o lugar Dele.

Dom Giorgio estava pasmo com a determinação e a calma que emanavam de seu interlocutor. Não lhe restava senão fazer o que este lhe dizia. Rocco se ajoelhou na penumbra da igreja e recitou um pai-nosso. Depois, ergueu a cabeça e se pôs a falar. Contou tudo. Cada crime cometido. Cada maldade. Sem ocultar nenhum detalhe. Tinha matado. Tinha pilhado. Tinha tomado a mulher de outros homens. Viveu do fogo e do terror. Disso era feita sua vida. De roubos e violência. No escuro, dom Giorgio não distinguia seus traços, mas deixava-se invadir por aquela voz, aceitando a longa melopéia de pecados e crimes que saía da boca daquele homem. Tinha de ouvir tudo. Rocco Scorta Mascalzone desfiou a lista de seus crimes durante horas e horas. Quando terminou, o vigário estava atordoado. O silêncio voltou a reinar, e ele não sabia o que dizer. O que poderia fazer depois de tudo o que ouvira? Suas mãos estavam trêmulas.

— Ouvi o que você tinha a dizer, meu filho — conseguiu murmurar enfim —, e nunca imaginei que um dia viria a ouvir um pesadelo como esse. Você me procurou. Eu o ouvi. Não está em meu poder recusar isto a uma criatura de Deus, mas, absolvê-lo é algo que não posso fazer. Você vai se apresentar diante de Deus, meu filho, e terá de se submeter à Sua cólera.

— Sou um homem — respondeu Rocco.

E dom Giorgio jamais ficou sabendo se ele dissera aquilo para mostrar que não tinha medo de nada ou, ao contrário, para justificar seus pecados. O velho vigário estava cansado. Levantou-se. Estava enojado com tudo o que acabava de escutar e queria ficar só. Mas a voz de Rocco se fez ouvir novamente.

— Não acabei, padre.
— Ainda tem mais? — indagou dom Giorgio.
— Queria fazer uma doação à Igreja.
— Doar o quê?
— Tudo, padre. Tudo o que possuo. Todas essas riquezas acumuladas durante anos a fio. Tudo o que faz de mim, hoje, o homem mais rico de Montepuccio.

— Não aceitarei nada vindo de você. Seu dinheiro exala sangue. Como ousa pensar em propor tal coisa? Depois do que me contou! Devolva tudo àqueles que você assaltou, se o arrependimento estiver tirando o seu sono.

— O senhor bem sabe que isso é impossível. A maioria dos que assaltei já morreu. E os outros, como poderia encontrá-los?

— Então, distribua esse dinheiro entre os habitantes de Montepuccio. Dê tudo aos pobres. Aos pescadores e suas famílias.

— É o que estarei fazendo se lhe der tudo. O senhor é a Igreja e todos aqui em Montepuccio são seus filhos. Caberá ao senhor distribuir o dinheiro. Se eu mesmo fizer isso, em vida, estarei dando dinheiro sujo a essa gente e tornando-os cúmplices de meus crimes. Se o senhor o fizer, a coisa muda de figura. Em suas mãos, esse dinheiro será abençoado.

Que homem era esse? Dom Giorgio estava atônito com o modo como Rocco se expressava. Essa inteligência. Essa clareza. Para um bandoleiro que não tinha nenhuma educação... Começou, então, a imaginar o que Rocco Scorta poderia ter sido. Um homem agradável. Carismático. Com um brilho nos olhos que dava vontade de segui-lo até o fim do mundo.

— E seus filhos? — observou o vigário. — Está pretendendo acrescentar mais um crime à sua lista, deixando-os à míngua?

Rocco sorriu e respondeu com brandura.

— Deixar que gozem de bens roubados não é exatamente um presente. Equivaleria a encorajá-los ao pecado.

O argumento era bom. Bom demais, na verdade. Dom Giorgio sentia que tudo aquilo era pura retórica. Rocco estava sorrindo, não acreditava mesmo no que acabava de dizer.

— Qual é o verdadeiro motivo? — perguntou o vigário falando mais alto, com uma voz em que se percebia a raiva.

Foi então que Rocco Scorta começou a rir. Riu tanto que o velho padre empalideceu. Ria como um demônio.

— Dom Giorgio — disse Rocco entre duas gargalhadas —, deixe que eu morra com alguns dos meus segredos.

Padre Zampanelli passou muito tempo se lembrando desse riso. Um riso que dizia tudo. Era um imenso desejo de vingança que nada podia saciar. Se Rocco pudesse dar cabo de sua família, faria isso. Tudo o que era seu devia morrer junto com ele. Aquele era o riso da demência de um homem que corta os próprios dedos. Era o riso do crime voltado contra si mesmo.

— Sabe a que os está condenando? — perguntou ainda o padre, querendo ir até o fim.

— Sei — respondeu Rocco friamente. — A viver. Sem repouso.

Dom Giorgio sentiu dentro de si o cansaço dos vencidos.

— Tudo bem — disse então. — Aceito a doação. Tudo o que você possui. Toda a sua fortuna. Está certo. Mas não pense que, com isso, estará resgatando seus crimes.

— Não, padre. Não estou comprando meu repouso. Não há a menor chance de eu ter algum. Quero algo em troca.

— O quê? — perguntou o vigário, exausto.

— Estou doando à Igreja a maior fortuna que jamais se viu em Montepuccio. Em troca, peço humildemente que os meus, a despeito da pobreza em que viverão daqui para frente, sejam enterrados como príncipes. Só isso. Quando eu me for, os Scorta vão viver na miséria, já que não lhes deixo qualquer herança. Mas que seu enterro seja suntuoso como nenhum outro. Caberá a essa Igreja a quem lego tudo honrar sua palavra. Que ela nos enterre, uns depois dos outros, em procissão. Não se engane, dom Giorgio, não é por orgulho que peço isto. É por Montepuccio.Vou engendrar uma linhagem de famintos. Eles serão desprezados. Conheço a gente daqui. Só respeitam o dinheiro. Cale a boca de todos enterrando os mais pobres do lugar com as honras que se concedem aos grandes senhores. *Os últimos serão os primeiros.* Que, ao menos para Montepuccio, isto seja verdade. De geração em geração. Que a Igreja se lembre de seu juramento. E que o vilarejo inteiro tire o chapéu diante do cortejo dos Mascalzone.

Os olhos de Rocco Scorta tinham aquele brilho demente que nos faz achar que nada poderia resistir a ele. O velho padre foi buscar papel e escreveu ali os termos do acordo. Quando a tinta secou, deu a folha a Rocco, se persignou, e disse: "Assim seja."

O sol já aquecia as paredes da igreja. A luz inundava o campo. Rocco Scorta e dom Giorgio tinham passado a noite inteira conversando. Separaram-se sem dizer uma palavra. Sem abraços. Como se fossem se ver novamente à noite.

Rocco voltou para casa. A família já estava de pé. Não disse nada. Passou a mão pelos cabelos da filha — a pequena Carmela, que, espantada com aquele gesto de afeto que nunca vira antes, o fitou com os olhos bem abertos —, e foi se deitar. Não se levantou mais. Recusou que lhe trouxessem um médico. Quando a Muda, vendo que o fim estava próximo, quis mandar chamar o padre, ele a segurou pelo braço, dizendo: "Deixe dom Giorgio dormir. Ele teve uma noite dura." O máximo que admitiu foi que a esposa chamasse duas velhas para ajudá-la a velá-lo. Foram elas que espalharam a notícia: "Rocco Scorta está agonizando. Rocco Scorta está morrendo." A aldeia não podia acreditar. Todos se lembravam de tê-lo visto na véspera, elegante, afável e robusto. Como a morte teria conseguido se infiltrar tão depressa em seus ossos?

Os rumores circulavam agora por todo canto. Mordidos pela curiosidade, os moradores de Montepuccio acabaram subindo até a fazenda. Queriam se certificar. Uma longa fila de curiosos se comprimia em torno da casa. Ao cabo de algum tempo, os mais ousados entraram ali. E os demais logo os seguiram. Um monte de bisbilhoteiros ia entrando casa adentro sem que se pudesse dizer se era para render homenagem ao moribundo ou, ao contrário, para ter a certeza de que ele estava mesmo agonizando.

Vendo entrar o bando de curiosos, Rocco se aprumou na cama. Concentrou suas últimas forças. Tinha o rosto branco e o corpo seco. Fitava aquela gente à sua frente. Em seus olhos, podiam-se ver ímpetos de raiva. Ninguém mais ousava se mexer. Então, o moribundo começou a falar:

— Vou baixar à sepultura. A lista de meus crimes é uma longa tira que vai se arrastando por onde ando. Sou Rocco Scorta Mascalzone. Sorrio com orgulho. Vocês esperam que eu sinta remorsos. Esperam que me ajoelhe e reze por minha redenção. Que implore a clemência do Senhor e peça perdão àqueles que ofendi. Cuspo no chão. A misericórdia de Deus é uma água fácil com que os covardes lavam o rosto. Não peço nada. Sei o que fiz. Sei o que pensam. Vocês vão para suas igrejas. Observam os afrescos do inferno pintados ali para suas mentes crédulas. Diabinhos puxando as almas imundas pelos pés. Monstros chifrudos, com garras e pés de cabra, felizes da vida despedaçando corpos de supliciados. Eles os espancam. Mordem. Torcem a todos como bonecos. Os condenados pedem perdão, ajoelham-se, imploram como mulheres. Mas os diabos com olhos animalescos não conhecem piedade alguma. E vocês gostam disso. Pois é assim que as coisas devem ser. Gostam disso porque vêem, aí, alguma justiça. Vou baixar à sepultura e, a seus olhos, estou destinado a essa interminável declinação de gritos e torturas. Em breve, Rocco estará sofrendo o castigo das pinturas de nossas igrejas, dizem consigo mesmos. E por toda a eternidade. No entanto, não estou tremendo.

Estou sorrindo. Esse mesmo sorriso que tanto os assustou enquanto eu vivia. Não tenho medo de suas pinturas. Os diabinhos jamais atormentaram minhas noites. Pequei. Matei e violentei. Quem deteve meu braço? Quem me aniquilou para livrar a terra de minha presença? Ninguém. As nuvens continuaram vagando pelo céu. Fez sol nos dias em que eu tinha sangue nas mãos. Dias bonitos, com aquela luz que parece um pacto entre o mundo e o Senhor. Como é possível haver um pacto assim no mundo em que vivo? Não, o céu é vazio e posso morrer sorrindo. Sou um monstro de cinco patas. Tenho olhos de hiena e mãos de assassino. Fiz Deus recuar aonde quer que eu fosse. Ele saiu da minha frente, como vocês faziam nas ruas de Montepuccio, agarrando seus filhos, quando me viam passar. Hoje está chovendo e deixo este mundo sem um olhar sequer. Bebi. Gozei. Arrotei no silêncio das igrejas. Devorei com avidez tudo o que pude pegar. Hoje deveria ser dia de festa. O céu devia se abrir e as trombetas dos arcanjos retumbar sonoramente para celebrar a notícia de minha morte. Mas, nada. Está chovendo. Parece até que Deus está triste por me ver desaparecer. Tudo besteira! Vivi bastante porque o mundo é feito à minha imagem. Tudo está de pernas para o ar. Sou um homem. Não espero nada. Como o que posso. Rocco Scorta Mascalzone. E vocês, que me desprezam, que desejam para mim as piores torturas, acabaram pronunciando meu nome com admiração. Tudo por causa do dinheiro que juntei. Pois, se cospem sobre meus crimes, não conseguem conter o velho respeito fedorento que os homens têm pelo ouro. É verdade. Tenho muito dinheiro. Mais que qualquer um de vocês. E não estou deixando nada. Desapareço com minhas facas e meu riso de violador. Fiz o que quis. Durante toda a minha vida. Sou Rocco Scorta Mascalzone. Alegrem-se, estou morrendo.

Depois de pronunciar suas últimas palavras, caiu na cama. As forças o abandonaram. Morreu de olhos abertos. Em meio ao silêncio dos habitantes de Montepuccio, atônitos. Não ofegou. Não gemeu. Morreu olhando para frente.

O ENTERRO FOI MARCADO PARA O DIA SEGUINTE. Foi então que Montepuccio teve a maior surpresa de sua vida. Lá da colina dos Scorta vinha a música lancinante de uma procissão, e os moradores da aldeia logo viram surgir um longo cortejo fúnebre à frente do qual o velho padre Zampanelli balançava um belo turíbulo de prata, enchendo as ruas de um aroma solene e sagrado. O caixão era carregado por seis homens. A imagem do padroeiro, santo Elias, era levada por dez outros homens. Os músicos executavam os cânticos mais tristes da região, avançando com os passos lentos das marchas cadenciadas. Ninguém jamais fora enterrado assim em Montepuccio. O cortejo subiu o corso, fez uma pausa na praça principal, embrenhouse pelas estreitas ruelas do velho vilarejo onde deu a volta. Novamente na praça, parou outra vez, tomou o corso e penetrou afinal na igreja. Mais tarde, depois de uma breve cerimônia durante a qual o vigário anunciou que Rocco Scorta Mascalzone havia doado sua fortuna à igreja — o que provocou um burburinho de espanto e comentários —, o cortejo seguiu seu caminho ao som pungente dos instrumentos de sopro. Os sinos da igreja acompanharam as melodias plangentes da orquestra. Toda a aldeia estava ali. E, em todas as mentes, as mesmas perguntas se repetiam sem parar: seria mesmo toda a sua fortuna? Quanto era isso? O que o vigário faria? O que seria da Muda? E as três crianças? Perscrutavam o rosto da pobre mulher tentando adivinhar se estaria a par das últimas vontades do marido, mas nada transparecia nos traços cansados da viúva. A aldeia toda estava ali e Rocco Scorta sorriu no túmulo. Levara a vida inteira para isso, mas conseguira o que tinha desejado durante toda a sua existência: ter Montepuccio a seus pés. Ter a aldeia nas mãos. Com dinheiro, já que este era o único meio. E quando aqueles matutos acreditaram que tinham finalmente se acercado daquele homem; quando chegaram ao ponto de gostar dele, a tratá-lo de "dom Rocco"; quando começaram a respeitar sua fortuna e a beijar-lhe a mão, ele ateara fogo em tudo com uma sonora gargalhada. Era tudo o que sempre tinha desejado. Sim, Rocco sorriu no túmulo, sem se preocupar mais com o que deixava para trás.

Para a gente de Montepuccio, tudo estava muito claro. Rocco Scorta havia transformado a maldição que recaía sobre sua raça. A linhagem dos Mascalzone era uma linhagem de bastardos, fadada à loucura. Rocco fora o primeiro deles, mas os outros, sem dúvida alguma, seriam ainda piores. Doando sua fortuna, Rocco Scorta quis modificar tal maldição: de agora em diante, os seus não seriam mais loucos, e sim pobres. E, para todos em Montepuccio, isso parecia alguma coisa respeitável. Rocco Scorta não tinha se esquivado. O preço era elevado, mas justo. Oferecia doravante a seus filhos a possibilidade de serem bons cristãos.

Diante do túmulo do pai, as três crianças se mantinham juntinho umas das outras. Raffaele também estava lá, segurando a mão de

Carmela. Não estavam chorando. Nenhum deles sentia uma dor real pela morte do pai. Não era a tristeza que lhes fazia cerrar os dentes; era o ódio. Compreendiam que tinham lhes tirado tudo e que, daqui para frente, só poderiam contar com as próprias forças. Compreendiam que uma vontade selvagem os tinha condenado à miséria e que essa vontade era de seu pai. Domenico, Giuseppe e Carmela olhavam fixamente o buraco na terra, a seus pés, e sentiam que estavam enterrando ali toda a sua vida. De que viveriam amanhã? Com que dinheiro, e onde, já que até a fazenda fora doada? Quanta força precisariam ter para enfrentar as lutas que se anunciavam? Mantinham-se assim juntinhos, com um profundo ódio dos dias que estavam por vir. Tinham entendido tudo. Já podiam sentir isso nos olhares que lhes lançavam: de agora em diante, eram pobres. Pobres de dar dó.

Gosto de vir aqui. Já vim tantas vezes... *Não passa de um terreno baldio onde só cresce o mato varrido pelo vento. Ainda se vêem algumas luzes da aldeia. Mal e mal. E, lá adiante, o topo do campanário da igreja. Não há nada aqui. Só esse velho móvel de madeira, meio enfiado no chão. É ali que eu queria levá-lo, dom Salvatore. É ali que queria que nos sentássemos. Sabe que móvel é esse? É o velho confessionário da igreja, o que era usado no tempo de dom Giorgio. Foi trocado por seu predecessor. Os homens que vieram fazer a mudança o tiraram da igreja e abandonaram aqui. Ninguém jamais mexeu nele. Foi se estragando. A tinta não existe mais. A madeira envelheceu. Ele se enterrou no chão. Muitas vezes sento ali. Ele é do meu tempo.*

Não se engane, dom Salvatore. Eu não me confesso. Se o trouxe até aqui; se lhe peço para se sentar a meu lado nesse velho banco de madeira, não é para pedir sua bênção. Os Scorta não se confessam. Meu pai foi o último. Não precisa franzir as sobrancelhas, isso não é um insulto. Sou simplesmente a filha de Rocco e, mesmo que o tenha detestado por muito tempo, isso não muda nada. O sangue dele corre em mim.

Lembro dele em seu leito de morte. Seu corpo brilhava de suor. Estava pálido. A morte já lhe escorria por sob a pele. Deu-se ao luxo de olhar para tudo ao seu redor. A aldeia inteira se comprimia dentro do quarto. Seu olhar passeou pela esposa, pelos filhos e por aqueles que havia aterrorizado, e disse, com um sorriso de moribundo: "Alegrem-se. Estou morrendo." Essas palavras arderam em mim como uma bofetada. "Alegrem-se. Estou morrendo." Os habitantes de Montepuccio certamente se alegraram, mas nós três, à beira da cama, ficamos olhando para ele com os olhos vazios. Que alegria poderíamos ter? Por que nos alegraríamos com seu desaparecimento? A frase foi dirigida a todos, indiferentemente. Rocco sempre esteve só diante do resto do mundo. Eu devia odiá-lo. Só sentir, por ele, o ódio das crianças insultadas. Mas não consegui, dom Salvatore. Lembrei de um gesto dele. Imediatamente antes de ir se deitar para morrer, ele passou a mão em meu cabelo. Sem dizer nada. Nunca fazia isso. Passou aquela mão de homem na minha cabeça, suavemente, e jamais pude saber se aquele gesto era uma maldição suplementar ou um sinal de afeto. Não consegui chegar a uma conclusão. Acabei decidindo que era as duas coisas ao mesmo tempo. Ele me acariciou como um pai acaricia a filha, e depositou a infelicidade em meu cabelo como faria um inimigo. É por esse gesto que sou filha de meu pai. Ele não fez o mesmo com meus irmãos. Fui a única a ser marcada. Foi sobre mim que recaiu todo o peso. Sou a única a ser filha de meu pai. Domenico e Giuseppe foram nascendo lentamente, ao longo dos anos. Como se pai algum os tivesse gerado. Para mim, ele teve esse gesto. Ele me escolheu. Tenho orgulho disso, e o fato de ele ter tido essa atitude para me maldizer não altera em nada a situação. Será que o senhor pode entender?

Sou filha de Rocco, dom Salvatore. Não espere de mim nenhuma confissão. O pacto entre a Igreja e os Scorta foi rompido. Eu o trouxe até esse confessionário a céu aberto porque não queria encontrá-lo na igreja.

Não queria falar com o senhor de cabeça baixa, com a voz trêmula dos penitentes. É um local como este aqui que convém aos Scorta. Venta. A noite nos cerca. Ninguém nos ouve, a não ser as pedras onde ricocheteia a nossa voz. Estamos sentados numa madeira maltratada pelos anos. Essas tábuas envernizadas ouviram tantas confissões que a dor do mundo as cobriu de pátina. Milhares de vozes tímidas murmuraram seus crimes, confessaram seus erros, revelaram a sua feiúra. Era aqui que dom Giorgio as ouvia. Foi aqui que ouviu meu pai, a ponto de ficar enojado, na noite em que ele se confessou. Todas essas palavras impregnaram essas tábuas, dom Salvatore. Nas noites de vento, como hoje, eu as ouço ressurgir. Os milhares de murmúrios culpados acumulados ao longo dos anos, as lágrimas engolidas, as confissões envergonhadas, tudo volta à tona. Como longas brumas de dor que o vento usa para perfumar as colinas. E isso me ajuda. Só consigo falar aqui. Nesse velho banco. Só aqui sou capaz de falar. Mas não me confesso. Porque não espero nenhuma bênção do senhor. Não estou tentando ser purificada de meus erros. Eles estão aqui, dentro de mim. Vou levá-los comigo quando morrer. Mas quero que as coisas sejam ditas. Depois, posso desaparecer. Talvez reste algum perfume no vento, nas noites de verão. O perfume de uma vida que vai se misturar ao cheiro das rochas e do mato.

III

O retorno dos miseráveis

— ESPEREM — GRITOU GIUSEPPE —, esperem!

Domenico e Carmela pararam e se viraram para fitar o irmão que pulava num pé só a uns poucos metros de lá.

— O que foi? — perguntou Domenico.

— Tem uma pedra no meu sapato.

Sentou-se na beira da estrada e começou a desamarrar o cadarço.

— Faz bem umas duas horas que ela está me torturando — acrescentou.

— Duas horas? — indagou Domenico.

— É — confirmou Giuseppe.

— E não dá para agüentar um pouquinho mais? Estamos quase chegando.

— Quer que eu volte para nossa terra mancando?

Domenico soltou um sonoro *"Ma va fan'culo!"* que fez a irmã cair na risada.

Pararam na beira da estrada e, no fundo, estavam felizes com aquela chance de tomar fôlego e contemplar o resto de caminho que ainda tinham pela frente. Bendita pedrinha que torturava Giuseppe, pois era o pretexto de que precisavam. Giuseppe tirou os sapatos bem lentamente, como que querendo degustar melhor o momento. Aquilo, porém, não era o mais importante. Agora, Montepuccio estava a seus pés. Fitavam a aldeia natal com uma espécie de apetite nos olhos onde brilhava também a apreensão. Esse medo íntimo é o medo dos emigrados na hora de voltar. O velho medo incontrolável de que, em sua ausência, tudo tenha desaparecido. Que as ruas não sejam mais as mesmas que deixaram. Que os conhecidos tenham sumido ou, pior ainda, os recebam com uma careta de desgosto e olhos baços que dizem: "Ora, vejam. Vocês voltaram?" Era esse medo que compartilhavam na beira da estrada e a pedrinha do sapato de Giuseppe foi um instrumento da Providência. Pois os três queriam ter tempo para abarcar a aldeia com os olhos, recuperar o fôlego, e fazer o pelosinal antes de começar a descer.

Só um ano se passara desde que se foram, mas tinham envelhecido. Seu rosto estava mais duro. O olhar adquirira uma força rude. Uma vida inteira tinha transcorrido, uma vida de infortúnio, pequenos biscates e alegrias inesperadas.

Domenico — que todos chamavam *"Mimi va fan'culo"*, porque todas as suas frases terminavam com essa expressão que ele articulava de um jeito arrastado, como se não fosse um insulto, mas sim um novo sinal de pontuação — tornara-se um homem. Parecia ter uns dez anos mais que os dezoito que realmente tinha. O rosto maciço, sem beleza, e um olhar penetrante que parecia feito para avaliar o valor de seu interlocutor. Era forte e tinha as mãos grandes, mas toda a sua energia era canalizada para isto: poder dizer o mais depressa possível com quem estava lidando. "Pode-se confiar nesse homem?", "Há como ganhar dinheiro com isso?", perguntas como essas não se formulavam mais em sua mente, tinham como que se infiltrado em seu sangue.

Já Giuseppe conservava os traços infantis. Dois anos mais moço que o irmão, ainda tinha, apesar dos meses transcorridos, um rosto rechonchudo de bebê. No pequeno grupo, acionava instintivamente todo o seu ser para desarmar os conflitos. Era geralmente alegre e cheio de tamanha confiança nos irmãos que raros foram os momentos em que perdeu as esperanças quanto ao amanhã. Seu apelido era "*Peppe pancia piena*" porque ter a barriga cheia era o que mais gostava no mundo. Comer bastante, ou mais ainda, era sua obsessão. Um dia era considerado bom se tivessem feito uma refeição digna desse nome. Se fossem duas, o dia era excepcional e o bom humor de Giuseppe era tal que podia durar semanas. Quantas vezes, na estrada que os levava de Nápoles a Montepuccio, quantas vezes não sorrira lembrando do prato de nhoque ou de macarrão que devorara na véspera? Começava, então, a falar sozinho, na poeira do caminho, sorrindo como um bem-aventurado, como se não sentisse mais cansaço, recuperando uma força interior cheia de alegria que lhe fazia gritar de súbito: "*Madonna, che pasta!...*" E perguntar avidamente ao irmão: "Lembra Mimì?" Depois disso, vinha a interminável descrição da tal massa, a textura, o gosto, o molho que a acompanhava, e ele insistia: "Lembra, Mimì, com molho *al sugo*, bem vermelhinho? Dava para sentir o gosto da carne que foi cozida ali, lembra?" E Mimì irritado com esse delírio enlouquecido acabava gritando:"*Ma va fan'culo*, você e suas massas!" Era o seu jeito de dizer que tinham muita estrada pela frente, que suas pernas já estavam doendo e que, justamente, não sabiam quando poderiam voltar a comer uma massa tão gostosa.

Carmela, que os irmãos chamavam carinhosamente Miuccia, ainda era uma criança. Tinha tanto o corpo quanto a voz infantis. Mas esses últimos meses a tinham transformado mais que aos irmãos. Ela foi a causadora das maiores tristezas e das maiores alegrias que o pequeno grupo viveu durante seu périplo. Ninguém jamais a censurara, mas ela compreendeu: tinha sido tudo culpa sua. E tudo também se salvara *in extremis* graças a ela. Isso provocou na menina um senso de responsabilidade e uma inteligência que não eram comuns na sua idade. No dia-a-dia, continuava sendo uma garotinha, rindo das piadas dos irmãos, mas, quando o destino decidia os pôr à prova, era ela que dava as ordens e cerrava os dentes. Era ela que, na estrada de volta para casa, segurava as rédeas do asno. Os dois irmãos lhe haviam confiado tudo o que possuíam. O asno e a trouxa com todo tipo de objetos que ele transportava. Viam-se valises. Um bule de chá. Pratos de porcelana holandesa. Uma cadeira de palhinha. Uma bateria completa de panelas de cobre. Cobertores. O asno ia levando sua carga conscienciosamente. Nenhum daqueles objetos tinha valor por si só, mas, reunidos, eram o montículo de suas vidas. Era ela também que levava a bolsa contendo o pecúlio acumulado durante a viagem. Carmela zelava por esse tesouro com a avidez dos pobres.

— Será que os lampiões já foram acesos?

A voz de Giuseppe veio quebrar o silêncio das colinas. Três dias antes, tinham sido ultrapassados por um cavaleiro. Depois de alguma conversa, os Scorta lhe explicaram que estavam voltando para casa, em Montepuccio. O cavaleiro prometeu, então, anunciar a volta deles. Era nisso que Giuseppe estava pensando. Acender os lampiões, no corso Garibaldi, como se fazia sempre que os emigrados estavam de volta. Acender os lampiões para festejar o regresso dos "americanos".

— Claro que não — respondeu Domenico. — Os lampiões... — acrescentou ele dando de ombros. E o silêncio voltou a reinar.

Claro que não. Não deviam contar com lampiões para os Scorta. Por um momento, Giuseppe ficou triste. Domenico dissera aquilo com um tom que não parecia admitir contestação. Mas também pensara nisso. E estava pensando outra vez. Os lampiões. Especialmente para eles. E toda a aldeia estaria lá. A pequena Carmela também pensava nisso. Entrar no corso Garibaldi e ir reconhecendo aqueles rostos cheios de lágrimas e sorrisos. Era o sonho dos três. Apesar de tudo. Os lampiões. Seria lindo.

O vento começou a soprar, arrastando os cheiros das colinas. A última claridade do dia ia sumindo lentamente. Então, sem dizer nada, juntos, os três recomeçaram a andar, como que imantados pela aldeia. A um só tempo impacientes e assustados.

ENTRARAM EM MONTEPUCCIO À NOITE. O corso Garibaldi estava ali, à sua frente, exatamente como o haviam deixado dez meses antes. Mas, vazio. O vento se embrenhava pela rua e vinha assobiar na cabeça dos gatos que fugiam recurvando as costas. Não havia vivalma por ali. A aldeia estava dormindo e os cascos do asno ecoavam o som exato da solidão.

Domenico, Giuseppe e Carmela iam avançando, mandíbulas cerradas. Não tinham nem vontade de se entreolhar. Não tinham vontade de falar. Tinham raiva de si mesmos por se terem deixado embalar por essa esperança estúpida — os lampiões... mas que merda de lampiões?... —, e, agora, apertavam os punhos, em silêncio.

Passaram diante do local que, quando partiram, ainda era o armarinho de Luigi Zacalonia. Era evidente que alguma coisa tinha acontecido: a tabuleta estava no chão, os vidros quebrados. Aqui, não se comprava nem se vendia mais nada. Aquilo os deixou chateados.

Não que fossem fregueses fiéis, mas qualquer mudança em Montepuccio parecia de mau agouro. Queriam ver tudo exatamente como haviam deixado. Que o tempo não houvesse estragado nada durante sua ausência. Se o armarinho de Luigi Zacalonia tinha fechado, sabe Deus que outras decepções ainda os aguardavam...

Quando já estavam quase no meio do corso, avistaram o vulto de um homem dormindo encolhido junto a uma parede, no meio daquele vento todo. De início, acharam que fosse um bêbado, mas, quando chegaram a uns poucos passos de distância, Giuseppe começou a gritar: "Raffaele! É Raffaele!" Os gritos assustaram o rapaz. Ele se ergueu de um salto. Os Scorta berravam de alegria. Os olhos de Raffaele reluziam de felicidade, mas ele não parava de se xingar. Estava desolado por ter perdido a chegada dos amigos de um jeito tão deplorável. Tinha se preparado para aquele momento, prometendo a si mesmo passar a noite inteira em claro, se preciso fosse. Depois, pouco a pouco, as forças o foram abandonando e ele acabou caindo no sono.

— Vocês chegaram... — dizia ele, com lágrimas nos olhos. — Mimi, Peppe... vocês chegaram... Meus amigos, deixem-me olhar para vocês! Miuccia! E eu, dormindo. Que imbecil! Queria ver vocês chegando lá de longe...

Beijaram-se, abraçaram-se, deram-se tapinhas nas costas. Ao menos uma coisa não tinha mudado em Montepuccio, já que Raffaele estava lá. O rapaz não sabia o que fazer. Nem percebeu o asno e a trouxa que o animal transportava. De repente, a beleza de Carmela chamou sua atenção, mas isso só fez aumentar sua confusão e seu gaguejar.

Raffaele acabou conseguindo articular umas palavras. Convidou os amigos para ficarem em sua casa. Já era tarde. O vilarejo estava dormindo. O reencontro dos Scorta com Montepuccio bem poderia ficar para amanhã. Os Scorta aceitaram o convite e tiveram que brigar para evitar que o amigo carregasse nas costas todos os sacos e malas que via pela frente. Agora, estava morando numa casa térrea, perto do porto. Um casebre escavado na rocha e apenas caiado. Raffaele havia preparado uma surpresa. Assim que ficou sabendo da chegada iminente dos Scorta, pôs mãos à obra, sem descansar. Comprou grandes nacos de pão. Pôs carne no fogo para fazer um molho. Preparou a massa. Queria fazer um festim para receber os amigos.

Quando estavam todos sentados em torno da mesinha de madeira, e Raffaele veio trazendo uma tigela de *orechiette* feitas em casa, mergulhadas num espesso molho de tomate, Giuseppe começou a chorar. Estava reencontrando os sabores de sua terra. Tinha reencontrado seu velho amigo. Não precisava de mais nada. E nem todos os lampiões do corso Garibaldi seriam capazes de deixá-lo tão feliz quanto esse prato cheio de *orechiette* fumegantes que ele se preparava para devorar.

Comeram. Morderam os grandes pedaços de pão em que Raffaele tinha esfregado tomate, azeite e sal. Deixaram derreter na boca a massa que pingava molho. Comeram sem perceber que Raffaele os fitava com ar tristonho. Ao cabo de algum tempo, Carmela se deu conta do silêncio do amigo.

— O que há, Raffaele? — perguntou ela.

O rapaz sorriu. Não queria falar antes que os amigos tivessem acabado de comer. O que tinha a dizer podia esperar mais alguns instantes. Queria vê-los acabar o jantar. Que Giuseppe se regalasse. Que tivesse tempo e sentisse o prazer de lamber o prato com toda satisfação.

— Raffaele? — insistiu Carmela.

— E, então? Diga lá, como foi em Nova York?

Fez a pergunta fingindo entusiasmo. Estava tentando ganhar tempo. Carmela não se deixou enganar.

— Você primeiro, Raffaele. O que tem a nos dizer?

Os dois irmãos ergueram a cabeça. O tom da voz da irmã lhes mostrou que alguma coisa inesperada estava acontecendo. Todos olhavam para Raffaele. O rapaz estava pálido.

— O que tenho a dizer... — murmurou ele, sem conseguir terminar a frase.

Os Scorta estavam imóveis.

— Sua mãe... a Muda... — prosseguiu ele — se foi há dois meses.

Baixou a cabeça. Os Scorta não diziam nada. Ficaram esperando. Raffaele entendeu que tinha de continuar. Tinha de contar tudo. Então, ergueu os olhos e sua voz enlutada encheu o aposento de tristeza.

A Muda tinha malária. Durante as primeiras semanas que se seguiram à viagem dos filhos, conseguiu agüentar, mas, aos poucos, foi perdendo as forças. Tentou ganhar tempo. Tinha esperança de sobreviver até a volta dos seus. Pelo menos até o dia em que recebesse notícias deles, mas não conseguiu e sucumbiu a uma crise violenta.

— Dom Giorgio a enterrou dignamente? — perguntou Domenico.

A pergunta ficou um bom tempo sem resposta. Raffaele estava atormentado. O que tinha a dizer lhe embrulhava o estômago. Mas precisava ir até o fim, e não calar absolutamente nada.

— Dom Giorgio morreu bem antes dela. Morreu como um velhinho, sorriso nos lábios, as mãos cruzadas sobre o corpo.

— Como é que nossa mãe foi enterrada? — perguntou Carmela, que sentia que, se Raffaele não tinha respondido à pergunta, era porque o seu silêncio escondia alguma calamidade suplementar.

— Não pude fazer nada — murmurou Raffaele. — Cheguei tarde demais. Estava no mar. Por dois dias inteiros. Quando voltei, ela já tinha sido enterrada. Foi o novo padre que cuidou disso. Enterraram-na numa vala comum. Não pude fazer nada.

Os Scorta tinham agora o rosto enrijecido pela raiva. As mandíbulas cerradas. O olhar sombrio. A expressão "vala comum" estalava em seu crânio como uma bofetada.

— Como se chama o novo vigário? — indagou Domenico.

— Dom Carlo Bozzoni — respondeu Raffaele.

— Vamos vê-lo amanhã mesmo — afirmou Domenico. E, por sua voz, todos perceberam que já sabia o que ia pedir, mas não queria falar disso hoje.

Foram se deitar sem acabar o jantar. Nenhum deles podia dizer mais o que quer que fosse. Era preciso calar e aceitar ser invadido pela dor dos enlutados.

No dia seguinte, Carmela, Domenico, Giuseppe e Raffaele acordaram bem cedo. Foram encontrar o novo vigário no ar frio da manhã.

— Padre — exclamou Domenico.

— Sim, meus filhos, em que posso ajudar? — respondeu ele com voz adocicada.

— Somos os filhos da Muda.

— De quem?

— Da Muda.

— Isso não é nome — retrucou dom Carlo com um leve sorriso nos lábios.

— Era o dela — atalhou Carmela secamente.

— Estou lhes perguntando qual era o seu nome cristão — prosseguiu o vigário.

— Esse era o único que tinha.

— Em que posso ajudar?

— Ela morreu há alguns meses — disse Domenico. — E o senhor a enterrou na cova rasa.

— Estou lembrado. É verdade. Meus pêsames, meus filhos. Não se entristeçam. Sua mãe está agora ao lado de Nosso Senhor.

— É por causa do enterro que estamos aqui — voltou a interromper Carmela.

— Como vocês mesmos disseram, ela foi enterrada dignamente.

— É uma Scorta.

— Sim, uma Scorta. Pois, muito bem. E como podem ver, ela tem um nome.

— É preciso enterrá-la como uma Scorta — insistiu Carmela.

— Ela foi enterrada como cristã — emendou dom Bozzoni.

Domenico estava lívido de raiva. E disse, com voz ríspida:

— Não, padre. Como uma Scorta. Está escrito aqui.

Entregou então a dom Bozzoni o papel no qual Rocco e dom Giorgio haviam firmado o pacto. O vigário leu aquilo em silêncio. A cólera lhe subiu ao rosto e ele explodiu:

— O que significa isso? Onde já se viu uma coisa dessas? É inimaginável! Pura superstição, é o que é. Magia, sei lá o quê. Em nome de que dom Giorgio assinou isso pela Igreja? Um herege, isto sim. Uma Scorta! Ora vejam só! E vocês se dizem cristãos... Pagãos cheios de cerimônias secretas: é isso que são as pessoas daqui. Uma Scorta! Ela foi sepultada na terra como todos os demais. E isso era tudo o que podia esperar.

— Padre... — tentou ainda Giuseppe — a Igreja fez um pacto com nossa família.

Mas o vigário não o deixou falar. Já estava aos berros:

— Isso é loucura. Um pacto com os Scorta. Vocês estão delirando.

Com um gesto brusco, abriu caminho entre eles até a porta da igreja e desapareceu.

A AUSÊNCIA DOS SCORTA OS IMPEDIRA de cumprir um dever sagrado: cavar com as próprias mãos a cova onde a mãe seria enterrada. A piedade filial exige tal gesto da parte de um filho. Agora que tinham voltado, estavam decididos a honrar os despojos da mãe. A solidão, a cova rasa, o pacto desrespeitado eram afrontas demais. Combinaram que, naquela mesma noite, arranjariam pás e iriam desenterrar a Muda. Para que repousasse numa sepultura só sua, aberta pelos seus filhos. E pouco importava que ficasse fora dos muros do cemitério. Isso ainda era melhor que a terra sem nome de uma cova rasa para todo o sempre.

Quando anoiteceu, encontraram-se como combinado. Raffaele trouxe as pás. Estava frio. Esgueiraram-se como ladrões pelo portão do cemitério.

— Mimi? — indagou Giuseppe.
— O que é?

— Tem certeza que não estamos cometendo um crime?
Antes mesmo que Domenico pudesse responder, a voz de Carmela se fez ouvir.
— Essa cova rasa é que é um sacrilégio.
Giuseppe pegou então a pá com determinação, e concluiu:
— Tem razão, Miuccia. Não temos que hesitar.
Cavaram a terra fria da cova rasa sem dizer uma palavra. A terra ia ficando mais dura à medida que avançavam. Parecia que, a cada instante, poderiam despertar a imensa população dos mortos. Tentavam não tremer. Não vacilar diante dos eflúvios enjoativos que vinham do chão.
Afinal, as pás esbarraram na madeira de um caixão. Precisaram fazer uma força obstinada para tirá-lo dali. Sobre a tampa de pinho, alguém havia escrito a faca: "Scorta." A mãe deles estava lá. Nessa caixa horrível. Enterrada como uma indigente. Sem mármore nem cerimônias. Ergueram o caixão sobre os ombros como clandestinos atarefados, e saíram do cemitério. Foram contornando o muro até chegarem a um terreninho plano onde ninguém poderia vê-los. Foi lá que a puseram no chão. Faltava apenas cavar um buraco. Que a Muda pudesse sentir a respiração dos filhos em sua noite. Quando se preparavam para começar, Giuseppe se voltou para Raffaele e perguntou:
— Não vem cavar conosco?
Raffaele ficou paralisado. O que Giuseppe estava lhe pedindo não era apenas ajuda, não era que compartilhasse seu suor com eles, não, era que enterrasse a Muda exatamente como se fosse um de seus filhos. Raffaele ficou branco como uma folha de papel. Giuseppe e Domenico o fitavam, esperando sua resposta. Era evidente que Giuseppe havia feito aquela pergunta em nome dos três Scorta. Ninguém pareceu se espantar. Estavam esperando que Raffaele escolhesse. Diante do túmulo da Muda, Raffaele pegou uma pá, com lágrimas nos olhos. "Claro que vou", disse. Era como se estivesse se

tornando um Scorta. Como se o cadáver da pobre mulher lhe desse sua bênção de mãe. De agora em diante, era irmão deles. Exatamente como se o mesmo sangue corresse em suas veias. Agarrava a pá com força para não soluçar. No momento em que começou a cavar, ergueu a cabeça e deu com os olhos em Carmela. Ela estava ali. Perto deles. Imóvel e calada. Olhava-os enquanto trabalhavam. Raffaele sentiu um aperto no peito. Uma profunda tristeza se apossou de seus olhos. Miuccia. Como era linda. Miuccia. Que ele agora tinha de encarar com olhos de irmão. Reprimiu a tristeza no mais profundo de seu ser, baixou a cabeça e revolveu a terra com toda força.

Quando acabaram, e o caixão foi recoberto de terra outra vez, ficaram um tempo em silêncio. Não queriam ir embora sem um último instante de recolhimento. Depois de um bom momento, Domenico falou:

— Não temos parentes. Somos os Scorta. Nós quatro. Decidimos que seria assim. É esse nome que vai nos agasalhar daqui para frente. Que a Muda nos perdoe, mas foi hoje que nascemos de verdade.

Estava frio. Ficaram ainda ali, de cabeça baixa diante da terra revirada, bem junto uns dos outros. E o nome Scorta bastava efetivamente para aquecê-los. Raffaele chorava baixinho. Tinham lhe dado uma família. Irmãos por quem estava disposto a dar a vida. Doravante, seria o quarto Scorta. Jurou isso diante do túmulo da Muda. Usaria esse nome. Raffaele Scorta. E o desprezo da gente de Montepuccio o faria sorrir. Raffaele Scorta para lutar, de corpo e alma, ao lado daqueles que amava e que julgara ter perdido quando viajaram para a América e ele ficou sozinho em Montepuccio, sozinho como um louco. Raffaele Scorta. Sim. Jurou que se mostraria à altura daquele novo nome.

VIM LHE CONTAR A VIAGEM a Nova York, dom Salvatore. E se não fosse noite, jamais teria coragem de falar. Mas estamos cercados pela escuridão, o senhor fuma calmamente e preciso cumprir minha tarefa.

Depois do enterro de meu pai, dom Giorgio nos chamou para expor os seus planos. Tinha encontrado uma velha casa, na parte antiga da aldeia, onde nossa mãe, a Muda, poderia ir morar. Seria pobre, mas digno. Já, para nós, era preciso pensar em outra solução. Aqui, em Montepuccio, a vida não tinha nada a nos oferecer. Íamos arrastar nossa pobreza pelas ruas do vilarejo, com aquela raiva dos seres que o destino destituiu da posição que ocupavam. De tal situação não poderia sair nada de bom. Dom Giorgio não queria nos condenar a uma vida de infelicidade e miséria. Tivera idéia melhor. Daria um jeito de conseguir três passagens num navio que fazia o percurso Nápoles–Nova York. A Igreja pagaria. Embarcaríamos para aquela terra onde os pobres constroem edifícios mais altos que o céu, e onde, às vezes, a fortuna enche os bolsos dos indigentes.

Concordamos imediatamente. Naquela mesma noite, lembro-me bem, imagens loucas de cidades imaginárias rodopiavam em minha cabeça e eu ficava repetindo, como numa oração, aquele nome que fazia meus olhos brilharem: Nova York... Nova York...

Quando deixamos Montepuccio rumo a Nápoles, acompanhados por dom Giorgio, que queria nos escoltar até o cais, tive a impressão de que a terra rosnava sob nossos pés, como se reclamasse daqueles filhos que ousavam tentar abandoná-la. Deixamos o Gargano, descemos para a grande planície tristonha da Foggia e atravessamos a Itália de ponta a ponta para chegar a Nápoles. Ficamos de olhos arregalados diante daquele labirinto de gritos, sujeira e calor. A imensa cidade cheirava a carne estragada e peixe podre. As ruelas de Spaccanapoli fervilhavam de crianças barrigudas e desdentadas.

Dom Giorgio nos levou até o porto e nos embarcou num daqueles navios construídos para levar os famintos de um ponto a outro do globo, em meio a grandes suspiros de vapor. Instalamo-nos no convés, junto com nossos semelhantes. Miseráveis da Europa, com olhos famintos. Famílias inteiras ou crianças abandonadas. Como todos os demais, ficamos de mãos dadas para não nos perder na multidão. Como todos os demais, não conseguimos pegar no sono na primeira noite, temendo que mãos perversas viessem roubar o cobertor que dividíamos. Como todos os demais, choramos quando o gigantesco navio deixou a baía de Nápoles. "A vida está começando", murmurou Domenico. A Itália desaparecia a olhos vistos. Como todos os demais, viramos para o lado da América, aguardando o dia que em avistássemos sua costa, com a esperança de que, em sonhos estranhos, tudo por lá fosse diferente: as cores, os cheiros, as leis, os homens. Maior. Mais doce. Durante a travessia, passávamos horas agarrados à mureta, imaginando como poderia ser esse continente onde os miseráveis como nós eram bem-vindos. Os dias eram longos, mas isso pouco importava, pois os sonhos que sonhávamos precisavam de horas inteiras para se desenrolar em nossa mente. Os dias eram longos, mas deixamos que transcorressem felizes, pois o mundo estava começando.

Certo dia penetramos finalmente na baía de Nova York. O navio foi se dirigindo lentamente para a pequena ilha Ellis. Nunca vou me esquecer da alegria que senti, dom Salvatore. Dançávamos e gritávamos. Uma agitação frenética se instalara naquele convés. Todo mundo queria ver a terra nova. Saudávamos cada traineira que deixávamos para trás. Todos apontavam para os edifícios de Manhattan. Devorávamos com os olhos cada detalhe do litoral.

Quando o navio afinal atracou, desembarcamos em meio a uma algazarra de alegria e impaciência. A multidão encheu o enorme vestíbulo do porto. O mundo inteiro estava ali. Ouvíamos gente falando línguas que, a princípio, achamos que fosse milanês ou romano, mas, depois, tivemos de admitir que aquele universo era infinitamente maior. Estávamos cercados pelo mundo inteiro. Poderíamos ter nos sentido perdidos. Éramos estrangeiros. Não estávamos entendendo nada. Mas fomos tomados por um sentimento estranho, dom Salvatore. Tínhamos certeza de que ali era o nosso lugar. Ali, no meio daquela gente desgarrada, naquele tumulto de vozes e sotaques, estávamos nos sentindo em casa. Os que nos cercavam eram nossos irmãos, porque tinham a mesma sujeira no rosto. Porque tinham o mesmo nó na barriga, de medo. Dom Giorgio sabia muito bem o que estava fazendo. O nosso lugar era ali. Naquele país que não se assemelhava a nenhum outro. Estávamos na América, e nada mais nos assustava. A vida que levávamos em Montepuccio agora nos parecia distante e feia. Estávamos na América, e nossas noites eram repletas de sonhos alegres e famintos.

Não se importe, dom Salvatore, caso minha voz comece a falhar ou eu baixe os olhos; é que vou lhe contar algo que ninguém sabe. Ninguém além dos Scorta. Ouça. A noite é longa e vou contar tudo.

Lá chegando, desembarcamos entusiasmados. Estávamos alegres e impacientes. Precisamos esperar. Mas, para nós, aquilo não tinha a menor importância. Entramos em filas enormes. Prestamo-nos a estranhos procedimentos que não entendíamos. Tudo demorava muito. Levavam-nos para um balcão e, depois, para outro. Ficávamos bem juntinhos para não nos *perder. Passavam horas e horas sem que a multidão parecesse diminuir. Todos já estavam impacientes. Domenico ia sempre na frente. Lá pelas tantas, anunciou que seríamos examinados pelos médicos e teríamos de pôr a língua para fora, respirar fundo várias vezes e que não devíamos ter medo de abrir a camisa se nos pedissem para fazê-lo. Devíamos aceitar aquilo tudo, mas, não tinha importância; estávamos dispostos a esperar dias inteiros, se preciso fosse. O país estava ali. Ao alcance da mão.*

Quando cheguei diante do médico, ele me deteve com um gesto. Examinou meus olhos e, sem dizer nada, fez uma marca com giz na minha mão. Quis perguntar por que aquilo, mas fizeram-me um sinal para passar à sala seguinte. Um segundo médico me auscultou. Por mais tempo. Fez perguntas, mas não entendi e não soube o que dizer. Eu era uma menina, dom Salvatore, uma menina, e meus joelhos tremiam diante daqueles estrangeiros que se curvavam sobre mim como se eu fosse gado. Um pouco mais tarde, meus irmãos chegaram. Tinham lutado muito para que os deixassem passar.

Foi então que surgiu um intérprete e entendemos o que estava acontecendo. Eu estava com uma infecção. Tinha efetivamente passado vários dias doente no navio. Febre, diarréia, olhos vermelhos, mas achei que ia ficar boa. Eu era uma menina, indo para Nova York, e parecia-me que nenhuma doença conseguiria me derrubar. O homem falou por muito tempo e, tudo o que compreendi foi que, para mim, a viagem acabava ali. O chão desapareceu sob meus pés. Tinha sido recusada, dom Salvatore. Estava tudo acabado. Fiquei com vergonha e baixei a cabeça para não cruzar com o olhar de meus irmãos. Eles estavam calados, a meu lado. Fiquei olhando a longa fila de emigrados que continuavam a desfilar diante de nós, e só pensava numa coisa: "Todos esses aí, mesmo aquela magrela, e aquele velho que talvez morra em dois meses, todos esses, mas eu não, por que não?"

O intérprete recomeçou a falar: "Você vai embora... a viagem é gratuita... não há problema... de graça..." Era só o que dizia. Foi então que

Giuseppe propôs que Domenico prosseguisse sozinho. "Passe você, Mimi. Eu fico com Miuccia."
Eu não dizia uma palavra. Nossa vida estava sendo decidida ali. Naquela discussão entre uma sala e outra. Nossa vida, nosso futuro, mas eu não dizia nada. Não conseguia. Não tinha forças. Estava com vergonha. Só vergonha. Tudo que podia fazer era ouvir e deixar que meus irmãos vissem o que fazer. Era a vida dos três que estava sendo decidida ali. Por culpa minha. Tudo dependia do que eles decidissem. Giuseppe repetiu: "É o melhor a fazer, Mimi. Você passa. Vai saber se virar sozinho. Eu fico com Miuccia. Voltamos para nossa terra. Tentamos outra vez mais tarde..."
O tempo que se passou foi uma eternidade. Pode acreditar, dom Salvatore, envelheci vários anos durante aquele minuto. Tudo parou. Fiquei esperando. O tempo suficiente para que talvez o destino avaliasse aquelas três vidas e escolhesse uma solução do seu agrado. Então, Domenico falou: "Não. Viemos para cá juntos e vamos embora juntos." Giuseppe ainda tentou insistir, mas Domenico não deixou. Tinha tomado sua decisão. Com os dentes cerrados, fez um gesto que nunca mais vou esquecer: "Ou os três, ou ninguém. Eles não nos querem aqui. Pois que vão se foder."

IV

A tabacaria dos taciturnos

A EXUMAÇÃO DO CORPO DA MUDA e seu segundo enterro provocaram um verdadeiro terremoto em Montepuccio. Agora, do lado de fora do cemitério, havia aquele montinho de terra revolvida que ninguém podia ignorar e que representava uma verruga inaceitável no rosto do vilarejo. Os habitantes do lugar temiam que todos ficassem sabendo. Que a notícia se espalhasse e que a região inteira começasse a apontá-los. Tinham medo que se dissesse que, em Montepuccio, os mortos eram mal enterrados. Que, em Montepuccio, a terra dos cemitérios era revirada como o campo arado. Aquela sepultura selvagem, afastada das demais, era como uma censura permanente. Dom Carlo andava furioso. Saía despejando insultos por toda parte. Falava de violadores de sepulcros. A seu ver, os Scorta tinham passado dos limites. Cavar a terra e retirar um corpo de sua última morada era um gesto de herege. Jamais teria imaginado que existissem na Itália semelhantes bárbaros.

Certa noite, não se agüentando mais, chegou ao ponto de arrancar o crucifixo de madeira que os Scorta tinham mandado instalar sobre o montinho de terra e o quebrou num ímpeto de raiva. O túmulo permaneceu assim por alguns dias. Depois, a cruz reapareceu. O vigário preparou uma segunda expedição punitiva, mas as cruzes que arrancava sempre reapareciam. Dom Carlo julgava estar enfrentando os Scorta, mas estava enganado. A queda de braço era com todo o vilarejo. A cada dia, mãos anônimas, revoltadas com a existência daquela mísera sepultura, sem placa nem mármore, repunham a cruz em seu lugar. Depois de algumas semanas nesse jogo de esconde-esconde, uma delegação de aldeões foi procurar dom Carlo para tentar fazê-lo reconsiderar sua decisão. Pediram-lhe que oficiasse uma cerimônia e aceitasse o retorno da Muda para o recinto do cemitério. Propuseram até, para evitar ter de desenterrá-la novamente, que simplesmente derrubassem parte do muro do cemitério e o reconstruíssem de modo a englobar a excomungada. Dom Carlo não quis saber daqueles argumentos. Seu desprezo pelos habitantes do vilarejo só fez aumentar. Estava se tornando irascível e sujeito a violentos acessos de fúria.

A partir daquele momento, o padre Bozzoni passou a ser odiado por toda Montepuccio. Uns após os outros, os aldeões juraram que não voltariam a pôr os pés na igreja enquanto aquele "vigário imbecil do Norte" continuasse ali. Todos esperavam por aquilo que os Scorta tinham vindo exigir. Assim que souberam da morte da Muda, ficaram certos de que o enterro seria tão imponente quanto o de Rocco. A decisão de dom Carlo os deixara revoltados. Quem ele achava que era, esse padre que nem era daqui e saía alterando assim as regras imutáveis da aldeia? A decisão do "Novo" (como diziam as mulheres do mercado referindo-se a dom Carlo) foi considerada um insulto à memória do bem-amado dom Giorgio. E isso era algo que ninguém podia perdoar. O "Novo" desprezava os costumes. Vinha sabe-se lá de onde para impor a própria lei. Os Scorta tinham sido insultados. E, com eles, a aldeia inteira. Ninguém jamais vira enterro como aquele. Esse homem, embora sendo padre, não respeitava nada e Montepuccio não queria saber dele. Havia, porém, outro motivo para aquela desforra selvagem. Medo. O velho pavor, nunca inteiramente esquecido, que tinham de Rocco Scorta Mascalzone. Enterrando assim aquela que fora sua esposa, dom Carlo estava condenando o vilarejo à cólera de Rocco. Todos se lembravam dos crimes que ele havia cometido em vida, e tremiam só de pensar o que seria capaz de fazer depois de morto. Com toda certeza, algum malefício ia se abater sobre Montepuccio. Um terremoto. Uma seca devastadora. O hálito de Rocco Scorta Mascalzone já pairava no ar. Era possível senti-lo no vento quente da noite.

A relação que Montepuccio mantinha com os Scorta era um misto inextricável de desprezo, orgulho e temor. Em tempos comuns, o vilarejo ignorava Carmela, Domenico e Giuseppe. Não passavam de três pobretões, filhos de um bandido. Mas bastava alguém querer tocar num fio de seus cabelos, ou atentar contra a memória de Rocco, o Selvagem, uma espécie de impulso maternal percorria a aldeia e todos partiam em sua defesa como a loba defende a cria. "Os Scorta não valem nada, mas são dos nossos", era o que pensava a maioria dos habitantes do lugar. E, ainda por cima, tinham ido a Nova York. E isso lhes conferia um quê de sagrado que os tornava intocáveis aos olhos da maior parte dos aldeões.

Em poucos dias, a igreja estava abandonada. Ninguém mais assistia à missa. Não cumprimentavam mais dom Carlo na rua. Tinham lhe dado um novo apelido que firmava sua sentença de morte: "o milanês." Montepuccio mergulhou num paganismo ancestral. Praticava-se todo tipo de rito à sombra da igreja. Nas colinas, dançava-se a tarantela. Os pescadores veneravam ídolos com cabeça de peixe, mescla de santo padroeiro e espírito das águas. No inverno, nos fundos das casas, as velhas convocavam os mortos e falavam com eles. Por diversas ocasiões, realizaram-se exorcismos em pessoas um tanto parvas que se julgava estarem possuídas pelo maligno. Encontravam-se animais mortos diante da porta de certas casas. A revolta já se fazia sentir.

Passaram-se alguns meses até que, no final de certa manhã, Montepuccio foi assaltada por uma agitação incomum. Começou a circular um boato e os rostos estavam transtornados. Baixava-se a voz para falar. As velhas faziam o pelo-sinal. Tinha acontecido algo naquela manhã, e não se falava de outra coisa. O padre Bozzoni tinha morrido. Mas isso não era o pior: tinha morrido de uma forma estranha, que o pudor não permitia explicar. Durante horas, foi tudo o que se conseguiu saber. Depois, à medida que o tempo foi passando, e o sol foi aquecendo as fachadas, o boato adquiriu contornos mais precisos. Dom Carlo havia sido encontrado nas colinas, a um dia de distância de Montepuccio, nu como um verme, com a língua pendurada como um bezerro. Como era possível? O que dom Carlo teria ido fazer, sozinho, nas colinas, tão longe de sua paróquia? Homens e mulheres não paravam de se fazer tais perguntas, em todas as rodinhas, tomando o café de domingo. Havia porém algo ainda mais extraordinário. Por volta das onze horas, ficou-se sabendo que o corpo do padre

Bozzoni estava queimado de sol. O corpo todo, até mesmo o rosto, e haviam encontrado seus despojos de cara no chão. Era preciso se render à evidência: ele estava nu antes de morrer. Andara assim, ao sol, durante horas, a ponto de tostar a pele e ficar com os pés sangrando; depois, morrera de cansaço e desidratação. Mas o mistério principal ainda perdurava: por que teria ido assim, sozinho, para as colinas, nas horas de maior calor? Essa pergunta ia alimentar as conversas em Montepuccio por anos a fio. Naquele dia, porém, e para se ater ao menos provisoriamente a uma certeza, decretou-se que o isolamento o tinha evidentemente levado à loucura e que ele devia ter acordado de manhã, em pleno acesso de demência, decidido a ir-se embora da aldeia que tanto detestava, custasse o que custasse. Fora vencido pelo sol. E essa morte tão grotesca, essa nudez tão obscena para um homem da Igreja vieram aumentar ainda mais o sentimento dos aldeões: decididamente, dom Carlo não valia nada.

Quando Raffaele ficou sabendo da notícia, empalideceu. Pediu que lhe repetissem a informação e não conseguia sair da praça onde as conversas intermináveis circulavam como o vento pelas ruelas. Precisava saber mais, descobrir todos os detalhes, ter a certeza de que aquilo tudo era verdade. Parecia aflito com a notícia, o que surpreendeu a todos que o conheciam. Era um Scorta. Deveria ter ficado feliz com aquela morte. Raffaele ficou por ali um bom tempo, sem conseguir deixar as varandas dos cafés. Depois, quando teve de se render à evidência, quando não podia mais duvidar de que o vigário estivesse efetivamente morto, cuspiu no chão e murmurou: "Esse crápula deu um jeito de me arrastar consigo."

Na véspera, os dois homens tinham se cruzado numa trilha das colinas. Raffaele voltava do mar e dom Carlo passeava sozinho. Andar de um lado a outro pelos caminhos da região era, agora, a sua única distração. A quarentena que lhe impunha a cidade o deixara, de início, furioso; depois, com o passar das semanas, deixara-o perdido numa espessa solidão. Estava ficando desnorteado com tamanho isolamento. Permanecer no vilarejo passara a ser um verdadeiro calvário. Só encontrava algum consolo nesses passeios solitários.

Foi Raffaele quem puxou conversa. Achou que poderia aproveitar a oportunidade para tentar uma última negociação.

— Dom Carlo — disse ele —, o senhor nos ofendeu. Já é hora de voltar atrás em sua decisão.

— Vocês são um bando de degenerados — berrou o vigário à guisa de resposta. — O Senhor está vendo o que estão fazendo e vai Se encarregar de puni-los.

Raffaele sentiu a raiva crescer dentro de si, mas tentou se controlar e prosseguiu.

— O senhor nos detesta. Está certo. Mas está punindo alguém que não tem nada a ver com isso. A Muda tem direito à terra do cemitério.

— E estava lá, até que vocês a desenterrassem. Essa pecadora tem o que merece, por ter engendrado semelhante bando de hereges.

Raffaele ficou lívido. Pareceu-lhe que até mesmo as colinas lhe ordenavam que revidasse aquela ofensa.

— O senhor não merece a batina que usa, Bozzoni. Está me ouvindo? O senhor é um rato que se esconde por detrás de um hábito. Devolva esse hábito, ou vou massacrá-lo.

Pulou sobre o vigário com a fúria de um cão. Agarrou-o pelo colarinho e, com um gesto arrebatado, arrancou-lhe a batina. O padre estava atônito. Chegava a sufocar de impotência. Raffaele não o soltava. Gritava como um louco: "Fique nu, seu desgraçado, fique nu!" e ia rasgando com toda força as roupas do padre enquanto o espancava.

Só se acalmou quando conseguiu despir inteiramente o padre Bozzoni. Dom Carlo tinha capitulado. Chorava como uma criança, escondendo o corpo com as mãos rechonchudas. Murmurava orações como se estivesse diante de uma horda de hereges. Raffaele exultava com a ferocidade de sua vingança.

— É assim que o senhor vai andar daqui para a frente: nu como um verme. Não tem o direito de usar esse hábito. Vou matá-lo se o vir novamente com ele, está me entendendo?

Dom Carlo não respondeu. Afastou-se, chorando, e desapareceu. Nunca mais voltou. Aquela cena conseguiu transtorná-lo de vez. Ficou vagando pelas colinas como uma criança perdida. Sem se dar conta nem do cansaço, nem do sol. Vagou por muito tempo até desabar, sem forças, naquela terra do Sul que tanto detestava.

Raffaele ainda ficou por um momento no lugar onde espancara o vigário. Não se mexia, esperando que a raiva passasse, que recuperasse a calma e pudesse voltar para a aldeia sem que sua aparência o traísse. A seus pés jazia a batina rasgada do padre. O rapaz não conseguia tirar os olhos dela. Um raio de sol o fez piscar. Alguma coisa brilhava na luz. Abaixou-se, sem refletir, e apanhou um relógio de ouro. Se tivesse ido embora naquele instante, teria provavelmente jogado o relógio mais adiante, enojado. Mas não se moveu. Sentia que ainda não tinha ido até o fim. Voltou a se abaixar, lentamente, e, com todo cuidado, pegou a batina rasgada e vasculhou seus bolsos. Esvaziou a carteira de dom Bozzoni e atirou-a um pouco mais longe, na trilha, aberta como uma carcaça desossada. Segurava firme nas mãos o maço de notas e o relógio de ouro, e tinha no rosto um sorriso medonho de demência.

"Esse crápula conseguiu dar um jeito de me arrastar consigo." Raffaele compreendeu enfim que aquela briga havia resultado em morte e, embora repetisse que não tinha matado ninguém, bem sabia que aquela morte lhe pesaria para sempre na consciência. Revia o vigário nu, chorando como uma criança, afastando-se pelas colinas como uma pobre criatura condenada ao exílio. "Pronto, estou perdido", disse consigo mesmo. "Perdido por causa de um sujeito escroto que não merecia nem uma cusparada."

Por volta de meio-dia, o corpo do padre Bozzoni foi trazido para Montepuccio no lombo de um asno. Puseram um lençol sobre o cadáver. Nem tanto para impedir que as moscas pousassem ali, mas, principalmente, para garantir que a nudez do vigário não chocasse mulheres e crianças.

Quando lá chegaram, aconteceu algo inesperado. O dono do asno — um camponês caladão — depôs o corpo diante da igreja e declarou, alto e bom som, que já tinha cumprido a sua tarefa, e voltou para sua lavoura. O corpo ficou ali, enrolado num lençol sujo de terra. Todos ficaram olhando. Ninguém se mexeu. Os habitantes de Montepuccio eram rancorosos. Ninguém queria enterrá-lo. Ninguém estava disposto a assistir à cerimônia ou carregar o caixão. E, aliás, quem celebraria a missa? O vigário de San Giocondo tinha viajado para Bari. Até que voltasse, o corpo de dom Carlo já estaria em decomposição. Depois de algum tempo, como o calor do sol estava se tornando insuportável, acabaram admitindo que, se deixassem o cadáver do milanês ali, ele não tardaria a feder como um monte de carne podre. Para ele, seria uma vingança perfeita. Empestear Montepuccio. Provocar doenças, por que não? De jeito nenhum; tinham de enterrá-lo. Não por decência, ou caridade, mas para impedir que causasse ainda mais transtornos. Concordaram em cavar um buraco atrás do cemitério. Do lado de fora. Quatro homens foram escolhidos por sorteio. Puseram-no na terra sem sacramentos. Em silêncio. Dom Carlo foi enterrado como um pagão, sem uma oração para aliviar os efeitos do sol.

Para a gente do lugar, aquela morte representou um acontecimento considerável. Manifestamente, porém, o resto do mundo não ligou a mínima para ela. Depois do falecimento de dom Carlo, o vilarejo voltou a ser esquecido pelo episcopado. O que era bom para os montepuccianos. Estavam acostumados com isso. Chegavam mesmo a murmurar, passando diante da igreja fechada: "Melhor ninguém que outro Bozzoni", temendo que, por uma espécie de castigo divino, mandassem de novo para lá um homem do Norte que os chamasse de capiaus, desdenhasse os seus costumes e se recusasse a batizar-lhes os filhos.

O céu parecia ouvir suas preces. Não chegava ninguém e a igreja continuava fechada como os palacetes dessas famílias ricas que somem de repente, deixando, em seu rastro, um cheiro de grandeza e velhas pedras ressecadas.

Os Scorta haviam retomado sua vida miserável em Montepuccio. Moravam amontoados, os quatro no único cômodo da casa de Raffaele. Todos tinham conseguido emprego e ganhavam o suficiente para comer — nada mais. Raffaele era pescador. Não possuía barco próprio mas, de manhã, no porto, um ou outro o embarcava por um dia, e ele ganhava parte do produto da pescaria. Domenico e Giuseppe alugavam os braços para proprietários agrícolas. Colhiam tomates ou azeitonas. Rachavam lenha. Dias inteiros de calor, debruçados sobre uma terra que não produzia nada. Já Carmela cozinhava para os três, lavava as roupas da casa e fazia pequenos trabalhos de bordado para o vilarejo.

Não tinham tocado no que chamavam "dinheiro de Nova York". Durante muito tempo, acharam que aquele dinheiro deveria ser posto a juros para a compra de uma casa. Por enquanto, tinham de apertar o cinto e ter paciência, mas, assim que surgisse uma oportunidade, comprariam. Tinham o bastante para comprar uma casa decente, pois a pedra, naquela época, não valia nada em Montepuccio. O azeite de oliva era mais precioso que os vários acres de pedrisco da região.

Certa noite, porém, Carmela ergueu o rosto do prato de sopa e declarou:

— Temos de fazer outra coisa.

— O quê? — perguntou Giuseppe.

— O dinheiro de Nova York — explicou ela. — Temos de usá-lo para outra coisa e não para a casa.

— Isso é ridículo — disse Domenico. — E onde vamos morar?

— Se comprarmos uma casa — retrucou Carmela, que já tinha pensado em tudo por horas e horas —, vocês vão continuar suando como umas bestas para ganhar o pão, a cada dia que Deus venha a fazer. Não poderemos contar com nada mais. E os anos vão passar. Não. Temos dinheiro. Precisamos comprar algo melhor.

— O quê, por exemplo? — perguntou Domenico, intrigado.

— Ainda não sei. Mas vou descobrir.

O raciocínio de Carmela deixou os três irmãos perplexos. Ela tinha razão. Sem dúvida alguma. Comprar uma casa, e depois? Se ao menos tivessem o bastante para comprar quatro casas, mas não era o caso. Tinham de pensar em outra coisa.

— Amanhã é domingo — disse ainda Carmela. — Levem-me com vocês. Quero ver o que vocês vêem, fazer o que fazem durante todo o dia. Vou ficar olhando. E vou encontrar.

Mais uma vez, os homens não souberam o que dizer. Em Montepuccio, as mulheres não saíam de casa ou só saíam em momentos bem determinados. Bem cedo, pela manhã, para as compras. Para a missa — mas, desde a morte de dom Carlo, essa saída deixara de existir. Na hora de colher as azeitonas, na época das colheitas nos campos. E por ocasião das festas dos padroeiros. Passavam todo o resto do tempo em casa, enclausuradas por detrás das grossas paredes, protegidas do sol e da cobiça dos homens. O que Carmela estava propondo contrariava a vida do vilarejo, mas, desde que voltaram da

América, os irmãos Scorta confiavam inteiramente no instinto da irmã caçula.

— Combinado — disse Domenico.

No dia seguinte, Carmela pôs seu vestido mais bonito e saiu, escoltada pelos três irmãos. Foram até o café onde beberam — como faziam todo domingo — um café bem encorpado capaz de dar dor de barriga e fazer o coração palpitar. Depois, sentaram-se numa mesa na calçada e jogaram cartas. Carmela ficou ali. Um pouco afastada. Bem aprumada na cadeira. Olhava os homens que passavam. Observava a vida da aldeia. Mais tarde, foram visitar alguns amigos pescadores. Depois, quando anoiteceu, fizeram a *passeggiata* no corso Garibaldi, subindo e descendo a avenida, cumprimentando os conhecidos, tomando conhecimento das novidades do dia. Pela primeira vez na vida, Carmela passou o dia inteiro pelas ruas do vilarejo, naquele mundo dos homens que a olhavam espantados. Ouviram comentarem às suas costas. Alguns se perguntavam o que ela estaria fazendo ali. Falavam de suas roupas. Mas ela nem ligava, e continuava concentrada em sua missão. À noite, quando chegaram em casa, tirou os sapatos aliviada. Os pés lhe doíam. Domenico, postado à sua frente, a fitava em silêncio.

— E então? — perguntou ele afinal. Giuseppe e Raffaele ergueram a cabeça e se calaram para não perder uma só palavra daquela resposta.

— Cigarros — respondeu ela com toda calma.

— Cigarros?

— É. Temos de abrir uma tabacaria em Montepuccio.

O rosto de Domenico se iluminou. Uma tabacaria. Claro. Era algo que não existia em Montepuccio. O quitandeiro vendia cigarros. No mercado também era possível comprá-los, mas uma tabacaria de verdade, não. Era isso mesmo. Não havia nenhuma em Montepuccio. Carmela passou o dia inteiro observando a vida dos homens e a única coisa em comum entre os pescadores da parte velha da cidade e os burgueses do corso era que todos esses homens aspiravam a fumaça de pequenos cigarros com avidez. Na sombra, na hora do aperitivo, ou em pleno sol, durante o trabalho, todo mundo fumava. Ali havia algo a se fazer. Uma tabacaria. Isso mesmo. No corso. Carmela tinha certeza. Uma tabacaria. Punha a mão no fogo. Era o tipo de loja que estaria sempre cheia.

OS SCORTA SAÍRAM EM CAMPO para adquirir o bem que desejavam. Compraram um local no corso Garibaldi. Era uma loja térrea, um grande aposento vazio de uns trinta metros quadrados. Compraram também o porão para servir de depósito. Depois disso, não tinham mais nada a fazer. Naquela noite, Carmela estava calada e sombria.
— O que foi? — indagou Domenico.
— Não temos mais um tostão para tirar a licença — respondeu Carmela.
— Quanto é? — perguntou Giuseppe.
— A licença mesmo não custa nada, mas precisamos ter bastante dinheiro para molhar a mão do diretor da repartição. Comprar presentes para ele. Toda semana. Até que ela seja concedida. O que temos não dá para isso.
Domenico e Giuseppe estavam consternados. Não tinham previsto esse novo obstáculo e não sabiam como vencê-lo. Raffaele olhou para os outros três e, depois, disse com brandura:

— Eu tenho. E posso lhes dar. Só quero uma coisa. Não me perguntem de onde ele saiu. Nem há quanto tempo tenho isso. Nem por que nunca toquei no assunto. Tenho dinheiro. E é só o que importa.

Pôs sobre a mesa o maço de notas amarrotadas. Era o dinheiro do padre Bozzoni. Raffaele tinha vendido o relógio. Até hoje andava com o dinheiro para cima e para baixo, sem saber o que fazer com ele, não ousando jogá-lo fora ou gastá-lo. Os Scorta deram pulos de alegria, mas, mesmo assim, o rapaz não sentiu alívio algum. O vulto enlouquecido de Bozzoni ainda pairava em sua mente e lhe retorcia as entranhas de remorsos.

Com o dinheiro de Raffaele, puseram mãos à obra para obter a licença. Durante seis meses, a cada quinze dias, Domenico saía de Montepuccio e ia até San Giocondo montado num asno. Lá havia um escritório do *Monopolio di Stato*. Levava para o diretor presuntos, queijos-cavalo, algumas garrafas de *limoncello*. Foi um vaivém incansável. Todo o dinheiro ia para a compra desses presentes. Ao cabo de seis meses, a autorização foi concedida. Finalmente, os Scorta eram proprietários de uma licença. Não tinham mais nada. Nem um tostão de reserva. Só as paredes de um aposento vazio e um pedacinho de papel que lhes dava o direito de trabalhar. Não sobrara nem para comprar o tabaco. As primeiras caixas de cigarros foram obtidas a crédito. Domenico e Giuseppe foram comprá-las em San Giocondo. Puseram o pacote no lombo do asno e, pela primeira vez na vida, durante o caminho de volta, tiveram a sensação de que alguma coisa estava começando. Até então, só tinham feito padecer. As escolhas lhes tinham sido impostas. Pela primeira vez, iam lutar por si mesmos, e esta perspectiva os fazia sorrir de felicidade.

Puseram os cigarros em caixas de papelão. Eram pilhas e pilhas de pacotes. Parecia até um local de contrabando. Nem balcão, nem caixa. Apenas a mercadoria, direto no chão. A única coisa que mostrava que a loja era um posto de venda autorizado era o letreiro de madeira pendurado acima da porta, onde se lia *Tabaccheria Scorta Mascalzone Rivendita n° 1*. Tinha nascido a primeira tabacaria de Montepuccio. E era deles. De agora em diante, mergulhariam de corpo e alma nessa vida de suor que acabaria com suas costas e os deixaria exaustos. Uma vida sem sono. O destino dos Scorta estaria ligado a essas caixas de tabaco que tirariam do lombo do asno de manhãzinha, antes que os trabalhadores fossem para a roça e os pescadores tivessem voltado do mar. Toda a sua vida estaria ligada àqueles pequenos cilindros brancos que os homens seguravam entre os dedos e que, aos poucos, iam encurtando ao vento, na doçura das noites de verão. Uma vida de suor e fumaça. Que estava começando. Surgia afinal a chance de escapar da miséria a que o pai lhes havia condenado. A *Tabaccheria Scorta Mascalzone Rivendita n° 1*.

FICAMOS NOVE DIAS EM ELLIS ISLAND. *Estávamos esperando que fretassem um navio para a viagem de volta. Nove dias, dom Salvatore, contemplando aquele país proibido para nós. Nove dias nas portas do paraíso. Foi lá que, pela primeira vez, lembrei daquele instante em que meu pai chegou em casa, depois de sua noite de confissão; aquele instante em que passou a mão em minha cabeça. Parecia até que uma mão passava novamente por meu cabelo. A mesma de antes. A de meu pai. A do maldito vento das colinas da Puglia. Aquela mão me chamava de volta àquela terra. Era a mão seca do azar que condena, desde sempre, gerações inteiras a não passarem de matutos que vivem e morrem sob o sol, nessa terra onde as oliveiras são mais paparicadas que os homens.*

Embarcamos no navio de volta e o embarque não tinha nada a ver com aquele outro de Nápoles, que transcorreu em meio ao tumulto e à gritaria. Desta vez, entramos todos em silêncio, a passos lentos, como condenados. Era a escória da terra que subia a bordo. Os doentes da

Europa inteira. Os mais pobres entre os pobres. Era um navio de tristeza resignada. O navio dos desafortunados, dos malditos que voltam para sua terra com uma vergonha tenaz por ter fracassado. O intérprete não havia mentido, a viagem era gratuita. De todo modo, ninguém ali teria como pagar a passagem de volta. Se as autoridades não queriam que os mendigos se amontoassem em Ellis Island, não tinham outra escolha a não ser organizar as viagens. Por outro lado, ninguém pensaria em fretar um navio para cada país ou destino. O navio dos recusados atravessava o Atlântico e, chegando à Europa, ia parando em cada um dos principais portos onde despejava sua carga humana.

Essa viagem foi muito longa, dom Salvatore. Naquele navio, as horas passavam como num hospital, ao ritmo lento do gota-a-gota das transfusões. Morria gente nos dormitórios. Agonizava-se de doença, decepção, solidão. Aqueles seres abandonados por tudo tinham dificuldade em encontrar uma razão para viver à qual pudessem se apegar. Muitas vezes, deixavam-se deslizar para a morte com um sorriso vago, felizes, no fundo, por dar cabo dessa sucessão de provações e humilhações que fora a sua vida.

Estranhamente, recuperei minhas forças. A febre cedeu. Em pouco tempo, já podia ir de uma ponta a outra do convés. Corria pelas escadas, percorria os corredores. Ia a todo canto. Passando de um grupo a outro. Dias depois, todos me conheciam — fosse qual fosse sua idade ou sua língua. Ocupava meus dias fazendo pequenos favores. Cerzir meias. Buscar um pouco de água para o velho irlandês ou encontrar um comprador para a dinamarquesa que queria se desfazer de uma medalhinha de prata e desejava, em troca, um cobertor. Conhecia todos pelo nome, ou pelo apelido. Enxugava o rosto dos doentes. Preparava comida para os velhos. Todos me chamavam "a menina". Pus meus irmãos para ajudar. Dava-lhes instruções. Eles levavam os doentes para o passadiço quando fazia sol. Distribuíam água nos dormitórios. Ora éramos mensageiros, ora comerciantes, enfermeiros ou confessores. E, pouco a pouco, conseguimos melhorar nossa sorte. Ganhávamos alguns tostões, alguns privilégios. De onde vinham os recursos? Quase sempre dos mortos. Eram muitas as mortes. Ficou acertado que o pouco que os moribundos deixavam atrás de si ia para a comunidade. Seria difícil agir de outra forma. A maioria daqueles infelizes estava voltando para um lugar onde não havia mais ninguém à sua espera. Tinham deixado os seus na América ou em terras onde não tinham mais a intenção de pôr os pés. Mandaríamos as poucas moedas que escondiam entre seus trapos para um endereço aonde elas jamais chegariam? O espólio era redistribuído a bordo. Muitas vezes os homens da tripulação eram os primeiros a se apropriar de algo. Era nesse ponto que intervínhamos. Dávamos um jeito para que a tripulação fosse avisada o mais tarde possível, e fazíamos a partilha na escuridão do porão. As negociações eram longas. Se o defunto tivesse família a bordo, tudo ficava para os sobreviventes, caso contrário — o que era mais freqüente —, tentávamos ser justos. Às vezes levávamos horas para chegar a um acordo quanto a um legado de três pedaços de barbante e um par de sapatos. Nunca cuidava de um doente pensando em sua morte próxima e nos benefícios que ela poderia me trazer. Juro. Fazia isso porque queria lutar e este tinha sido o único meio que encontrei.

Cuidava especialmente de um velho polonês de quem gostava muito. Nunca consegui dizer seu nome inteiro, Korniewski ou Korzeniewski... Eu o chamava "Korni". Era miúdo e seco. Devia ter setenta anos. Seu corpo o estava abandonando lentamente. Tinham lhe desaconselhado de ir tentar a sorte. Tinham lhe explicado que era velho demais. Fraco demais. Mas ele insistiu. Queria viver naquele país de que todos falavam. Suas forças não tardaram a declinar. Continuava a ter o olhar risonho, mas emagrecia a olhos vistos. Às vezes, sussurrava em meu ouvido palavras que eu não entendia, mas que me faziam rir, pois eram sons que pareciam tudo, menos uma língua.

Korni. Foi ele que nos salvou da miséria que corroía nossa vida. Morreu antes de chegarmos à Inglaterra. Numa noite em que o balanço do mar estava bem suave. No momento em que sentiu que estava partindo, me chamou para junto de si e me entregou uma trouxinha amarrada com um cordão. Disse uma frase que não compreendi e, depois, deixando cair a cabeça na cama, de olhos abertos, começou a rezar em latim. Rezei com ele, até que a morte levou seu último suspiro.

Na trouxinha havia oito moedas de ouro e um pequeno crucifixo de prata. Foi esse dinheiro que nos salvou.

Pouco depois da morte do velho Korni, o navio começou sua peregrinação pelos portos da Europa. Primeiro, parou em Londres, depois, atracou no Havre; seguiu então para o Mediterrâneo onde parou em Barcelona, Marselha e, finalmente, em Nápoles. Em cada uma dessas escalas, o navio despejava passageiros imundos e se enchia de mercadorias. Aproveitamos essas etapas para fazer alguns negócios. Em cada porto, o navio permanecia atracado por três ou quatro dias, o necessário para que as cargas fossem embarcadas e a tripulação conseguisse ficar sóbria de novo. Aproveitávamos essas horas preciosas para comprar algumas mercadorias. Chá. Panelas. Tabaco. Escolhíamos o que fosse mais típico do país e aproveitávamos a escala seguinte para revendê-los. Era um comércio ridículo, na base de quantias irrisórias, mas juntamos aquele minúsculo tesouro com todo cuidado. E chegamos a Nápoles mais ricos do que quando tínhamos partido. Isso é que importa, dom Salvatore. É disso que me orgulho. Voltamos mais ricos do que quando embarcamos. Descobri que tinha um dom, o dom do comércio. Meus irmãos estavam espantadíssimos. Foi graças a esse pequeno tesouro, extraído da miséria e dos pequenos biscates, que não morremos como animais na multidão de Nápoles quando voltamos.

V
O banquete

V

O banquete

ANOITECERA. CARMELA BAIXOU A PORTA de ferro. Não queria mais ser incomodada. "Com certeza haverá ainda alguns clientes tardios, mas, com um pouco de sorte," disse ela consigo mesma, "quando virem a porta meio baixada, não vão insistir". De todo modo, se chamassem ou batessem, já tinha decidido que não ia responder. Tinha algo a fazer e não queria ser interrompida. Foi para atrás do balcão e, com nervosismo, suas mãos se apoderaram do bauzinho de madeira que lhe servia de caixa. "Normalmente, deveria estar tudo certo", pensou ela. Abriu o bauzinho e seus dedos mergulharam num mar de notas miúdas amassadas, tentando arrumá-las, alisá-las, contá-las. Os dedos afundaram naquele monte de papel com o frenesi dos pobres. Havia inquietação em seus gestos. Esperava assustada pelo veredicto. Teria o bastante? Em geral, fazia as contas quando chegava em casa. Sem nenhuma impaciência. Sabia muito bem avaliar se tinha sido um bom dia ou não, e não tinha pressa alguma em confirmar isso contando o dinheiro. Hoje, porém, era diferente. Hoje, na penumbra da loja, ela correu para a caixa como um ladrão.

"Cinqüenta mil liras", murmurou enfim, quando uma pilha ordenada de notas reinava à sua frente. Pegou o dinheiro e o guardou num envelope, depois, despejou o restante da caixa no porta-níqueis de tecido que usava para transportar a féria do dia.

Só então fechou a tabacaria, com os gestos rápidos e nervosos dos conspiradores.

Não tomou o caminho de casa. Virou na via dei Martiri e foi andando apressada. Eram dez para a uma da madrugada. As ruas estavam desertas. Quando chegou no átrio da igreja, constatou satisfeita que era a primeira. Não quis se sentar num dos bancos públicos. Mal tinha dado alguns passos e um homem se aproximou. Carmela se sentiu como uma garotinha diante do vento. Ele a cumprimentou educadamente, com um aceno de cabeça. Ela estava nervosa. Não queria que aquele encontro durasse uma eternidade, temendo que alguém os visse naquela hora imprópria e que o vilarejo começasse a fazer comentários. Pegou o envelope e entregou-o a seu interlocutor.

— Aqui está, dom Cardella. Como combinado.

O homem sorriu e enfiou o envelope no bolso da calça de linho.

— Não vai conferir? — indagou ela espantada.

O homem sorriu novamente — sinal de que não precisava desse tipo de precaução —, cumprimentou-a e desapareceu.

Carmela ficou ali. Diante da igreja. Aquilo tudo não durara mais que alguns segundos. Agora, estava sozinha. Tinha terminado. Aquele encontro que não saíra de sua cabeça durante várias semanas, aquele vencimento que lhe tirara o sono por tantas noites acabava de acontecer sem que nada no vento da noite ou no ruído das ruas atribuísse àquele instante alguma marca especial. E, no entanto, podia sentir que seu destino acabava de tomar um novo rumo.

Os Scorta tinham pedido muito dinheiro emprestado para abrir a tabacaria. Desde que tinham se lançado nessa aventura, vinham se endividando sem cessar. Era Carmela que cuidava das finanças. Sem dizer nada aos irmãos, afundara-se no círculo vicioso da usura. Naquela época, em Montepuccio, os credores exerciam sua função de forma bem simples. As partes entravam num acordo quanto a uma quantia, uma taxa de juros e uma data para a quitação. No dia combinado, traziam o dinheiro. Não havia papel, nem contrato. Nenhuma testemunha. Apenas a palavra dada e a confiança na boa vontade e na honestidade de seu interlocutor. Pobre de quem não honrasse suas dívidas. As guerras de famílias eram sangrentas e intermináveis.

Dom Cardella era o último credor de Carmela. Recorrera a ele há vários meses para poder pagar o que devia ao proprietário do café do corso. Dom Cardella era seu último recurso. Ele a ajudou e, com isso, ganhou mais do dobro do que tinha lhe emprestado, mas esta era a regra e Carmela não o censurava por isso.

Ficou olhando enquanto o vulto de seu último credor ia sumindo na esquina, e sorriu. Poderia ter gritado e dançado. Só agora, a tabacaria era deles; só agora, a loja lhes pertencia de verdade. O perigo de uma penhora estava afastado. Não havia mais hipoteca. Daqui para a frente, trabalhariam para si. E cada lira que ganhassem seria uma lira para os Scorta. "Não temos mais dívidas." Ficou repetindo essa frase até sentir uma espécie de vertigem. Era como ser livre, pela primeira vez.

Pensou nos irmãos. Tinham trabalhado muito. Giuseppe e Domenico se encarregaram do trabalho de pedreiro. Construíram um balcão. Refizeram o chão. Caiaram as paredes. Pouco a pouco, ano após ano, o lugar foi adquirindo forma e vida. Como se aquele local frio, feito de velhas pedras, se nutrisse do suor dos homens para desabrochar. Quanto mais eles trabalhavam, mais a tabacaria ia ficando bonita. Os homens sentem isso. Quer se trate de uma loja, um campo ou uma barca, há, entre o homem e sua ferramenta, uma obscura ligação feita de respeito e de ódio. Zela por ela. Cerca-a de mil cuidados ou xinga-a à noite. Ela o desgasta. Ela o deixa moído. Rouba os seus domingos e sua vida familiar. Mas, por nada no mundo, ele a deixaria. Era assim com a tabacaria dos Scorta. Eles a amaldiçoavam e adoravam a um só tempo, como adoramos o que nos dá de comer e amaldiçoamos o que nos faz envelhecer antes do tempo.

Carmela pensou nos irmãos. Eles tinham dedicado seu tempo e seu sono. E sabia muito bem que essa dívida jamais poderia ser saldada. Nada poderia quitá-la.

Nem mesmo poderia lhes falar da felicidade que sentia, pois, para isso, teria de lhes contar que tinha contraído dívidas, corrido riscos, e não queria fazer isso. Mas tinha pressa de estar junto deles. Amanhã, domingo, os veria a todos. Raffaele tinha feito aquele estranho convite. Na semana passada viera dizer que estava convidando todo o clã — mulheres, filhos, todo mundo — para o lugar chamado Sanacore. Não revelou o motivo do convite. Mas amanhã, domingo, estariam todos lá. Prometeu a si mesma que velaria pelos seus mais que nunca. Teria um gesto de carinho para cada um deles. Cercaria a todos com sua afeição. Todos aqueles cujo tempo tinha ocupado. Seus irmãos. Suas cunhadas. Todos aqueles que tinham dado um pouco de sua força para que a tabacaria pudesse viver.

Quando chegou em casa, antes de empurrar a porta e encontrar o marido e os dois filhos, entrou no lugarzinho troglodítico que ficava pegado à casa e lhes servia de estábulo. O velho asno estava ali, no calor daquele cômodo abafado. O asno que tinham trazido de Nápoles e do qual jamais quiseram se livrar. Utilizavam-no para transportar o tabaco de San Giocondo a Montepuccio. O velho animal era incansável. Tinha se aclimatado perfeitamente aos céus da Puglia e à sua nova vida. A tal ponto que os Scorta o faziam fumar. O valente animal adorava isso e o espetáculo deliciava as crianças do vilarejo ou de San Giocondo que, ao vê-lo chegar, iam correndo atrás dele, gritando: "*É arrivato l'asino fumatore! L'asino fumatore!*" E o asno fumava mesmo. Não cigarros, pois seria como dar pérolas aos porcos — e os Scorta tinham muito ciúme dos seus cigarros. Não. Na estrada, pegavam mato ressecado, faziam um feixe da grossura de um dedo e o acendiam. O asno ia pitando enquanto andava. Na maior placidez. Soltando fumaça pelas narinas. Quando o feixe estava quase acabando, e o calor ficava muito intenso, ele cuspia o resto, todo prosa, o que sempre fazia rir os Scorta. Foi por isso que o batizaram com o nome de uma marca de cigarros, "Muratti", o asno fumante de Montepuccio.

Carmela bateu no lombo do animal e sussurrou em seu ouvido: "Obrigada, Muratti. Obrigada, *caro*. Você também suou por nós." E o asno se prestou mansamente àquelas carícias como se compreendesse que os Scorta estavam festejando a liberdade e que, de agora em diante, os dias de trabalho nunca mais teriam o peso exaustivo da escravidão.

Quando Carmela entrou em casa e pôs os olhos no marido, logo percebeu que ele estava numa agitação fora do comum. Por um instante, achou que tivesse ficado sabendo que ela tinha pedido dinheiro emprestado a dom Cardella sem consultá-lo, mas não era nada disso. Seus olhos brilhavam com a excitação das crianças e não com a feia luz da censura. Ela o fitou sorrindo e, antes mesmo que ele dissesse alguma coisa, já tinha entendido que estava entusiasmado com algum projeto novo.

Seu marido, Antonio Manuzio, era filho de dom Manuzio, advogado e conselheiro municipal. Um figurão de Montepuccio. Rico. Dono de centenas de hectares de olivais. Dom Manuzio era daqueles que tiveram de enfrentar inúmeros assaltos de Rocco Scorta Mascalzone. Muitos de seus homens haviam sido mortos na época. Quando soube que o filho queria se casar com a filha daquele bandido, ordenou-lhe taxativamente que escolhesse entre a família ou aquela "puta". Dissera *putana*, o que, em sua boca, era tão chocante quanto uma mancha de molho de tomate numa camisa branca. Antonio escolheu, e se casou com Carmela, rompendo assim com a família, renunciando à vida de burguês ocioso que era o que o esperava. Casou-se com Carmela sem um único bem. Sem um tostão. Tudo o que tinha era um nome.

— O que é que houve? — indagou Carmela para que o marido tivesse o prazer de lhe dizer aquilo que estava em cócegas para contar. O rosto de Antonio se iluminou com a luz do reconhecimento e ele exclamou:

— Tive uma idéia, Miuccia. Passei o dia todo pensando nisso. Na verdade, venho pensando nisso há muito tempo, mas, hoje, tudo ficou claro e tomei uma decisão. Foi pensando em seus irmãos que tive essa idéia...

O rosto de Carmela se anuviou ligeiramente. Não gostava que Antonio falasse de seus irmãos. Preferia que falasse mais dos dois filhos, Elia e Donato, mas ele nunca fazia isso.

— O que é que houve? — indagou ela novamente, com uma ponta de desânimo na voz.

— É preciso diversificar — respondeu Antonio.

Carmela não disse nada. Agora, sabia o que o marido tinha para lhe dizer. Não em detalhes, é claro, mas sentia que seria uma daquelas idéias que não poderia compartilhar, e aquilo a deixava triste e aborrecida. Tinha se casado com um cabeça-de-vento de olhos brilhantes, mas que vagava pela vida como um saltimbanco. Isso a entristecia. E a deixava de mau humor. Mas Antonio já tinha começado e, agora, teria de explicar tudo.

— É preciso diversificar, Miuccia — repetiu ele. — Olhe os seus irmãos. Eles é que estão certos. Domenico tem o bar. Peppe e Faelucc', a pesca. É preciso pensar em outra coisa além dos malditos cigarros.

— A tabacaria é a única coisa que convém aos Scorta — respondeu Carmela lacônica.

Seus irmãos tinham se casado e, com o casamento, todos os três tinham também adotado uma nova vida. Num belo dia de junho de

1934, Domenico se casou com Maria Faratella, filha de uma família abastada de comerciantes. Foi um casamento sem paixão mas que proporcionou a Domenico um conforto que ele jamais experimentara antes. Por esse motivo, sentia por Maria uma gratidão que parecia até amor. Com ela, estava a salvo da pobreza. Os Faratella não viviam com luxo, mas possuíam — além de vários campos de oliveiras — um bar no corso Garibaldi. Domenico passou então a dividir seu tempo entre a tabacaria e o bar, trabalhando um dia aqui, outro ali, onde estivessem precisando mais dele. Já Raffaele e Giuseppe tinham se casado com filhas de pescadores e era ao trabalho no mar que dedicavam a maior parte de seu tempo e de sua força. É verdade. Seus irmãos tinham se afastado da tabacaria, mas a vida é assim mesmo, e o fato de Antonio usar a palavra "diversificar" para designar essa mudança de destino irritava Carmela. Parecia-lhe falso, e quase obsceno.

— A tabacaria é nossa cruz — prosseguiu Antonio enquanto Carmela se calava. — Ou vai ser, se não tentarmos mudar. Você fez o que tinha de fazer, e fez isso melhor que ninguém. Mas, agora, é preciso pensar em evoluir. Com os cigarros, você ganha dinheiro, mas nunca vai ter o que realmente importa: poder.

— E qual é a sua idéia?

— Vou me candidatar à prefeitura.

Carmela não pôde conter uma gargalhada.

— E quem vai votar em você? Não tem nem mesmo o apoio de sua própria família. Domenico, Faelucc' e Peppe. Pronto. Pode contar com três votos, e só.

— Sei disso — disse Antonio, magoado como uma criança, mas consciente da verdade daquela observação. — Tenho de mostrar do que sou capaz. Já pensei nisso. Esses ignorantes de Montepuccio não sabem o que é política, nem sabem reconhecer o valor de um homem. Preciso conquistar o respeito deles. É por isso que vou embora.

— Para onde? — perguntou Carmela, espantada com toda aquela determinação num adolescente grande como seu marido.

— Para a Espanha — respondeu ele. — O Duce está precisando de bons italianos. Dispostos a dedicar a juventude para esmagar os vermelhos. Serei um deles. E, quando voltar, coberto de medalhas, todos reconhecerão em mim o homem ideal para a prefeitura. Pode ter certeza.

Carmela ficou calada por um instante. Nunca tinha ouvido falar dessa guerra na Espanha. Nem dos projetos do Duce para essa parte do mundo. Algo lhe dizia que lá não era lugar para pais de família. Algo como um pressentimento visceral. A verdadeira batalha dos Scorta se travava aqui. Em Montepuccio. E não na Espanha. Nesse dia de 1936, como em cada dia do ano, precisavam do clã inteiro. O Duce e sua guerra bem podiam apelar para outros homens. Ficou olhando para o marido e apenas repetiu, em voz baixa:

— A tabacaria é a única coisa que convém aos Scorta.

Antonio, porém, já não a ouvia. Ou melhor, sua decisão estava tomada e seus olhos já brilhavam como os de uma criança que sonha com países distantes.

— Para os Scorta, talvez — disse ele. — Mas sou um Manuzio. E você também, já que nos casamos.

Antonio Manuzio já tinha tomado sua decisão. Estava determinado a embarcar para a Espanha. Lutar nas fileiras fascistas. Queria aprimorar sua educação política e abraçar essa nova aventura.

Explicou ainda — e ficou até bem tarde falando — por que essa idéia era brilhante e como, ao voltar, assumiria necessariamente a aura dos heróis. Carmela já não o ouvia. O menino grande que era seu marido continuou falando sobre a glória fascista e ela pegou no sono.

No dia seguinte, acordou em pânico. Tinha mil coisas para fazer. Se aprontar. Vestir os dois meninos. Fazer o coque. Ver se a camisa branca que Antonio tinha escolhido estava bem passada. Passar gomalina no cabelo dos filhos e perfumá-los para que ficassem bonitos como dois tostões novinhos. Não esquecer o leque — já que o dia ia ser quente e, com certeza, o ar não tardaria a ficar abafado. Estava nervosa como se fosse a primeira comunhão dos meninos ou seu próprio casamento. Tinha tantas coisas a fazer... Não esquecer nada. E tentar não se atrasar. Ia de um lado a outro da casa, com uma escova na mão, um grampo na boca, procurando os sapatos e amaldiçoando o vestido que parecia ter encolhido e não estava conseguindo abotoar.

Finalmente, a família ficou pronta. Só faltava sair. Mais uma vez, Antonio perguntou onde era o encontro e Carmela repetiu "Sanacore".

— Mas para onde ele vai nos levar? — indagou Antonio meio preocupado.

— Não sei — respondeu ela —, é surpresa.

Foram-se, então, deixando para trás as colinas de Montepuccio para seguir pela estrada costeira até o tal lugar. Pegaram então uma pequena trilha de contrabando que os levou a uma espécie de patamar que dominava o oceano. Ficaram ali por algum tempo, indecisos, sem saber para onde ir, até que descobriram uma tabuleta de madeira com os dizeres *Trabucco Scorta* e que apontava para uma escada. Depois de uma descida interminável, chegaram a uma ampla plataforma de madeira, presa na falésia, que se projetava sobre o mar. Era um daqueles *trabucchi* tão comuns na costa da Puglia. Essas plataformas de pesca que parecem grandes esqueletos de madeira. Uma porção de tábuas esbranquiçadas pelo tempo, agarradas à rocha e parecendo nunca sobreviver a uma tempestade. No entanto, continuam ali. Desde sempre. Elevando seu longo mastro acima das águas. Resistindo ao vento e à fúria das ondas. Antigamente, eram usadas para pescar sem ter que ir para o mar. Mas os homens abandonaram esse costume e, agora, eles não passam de estranhas sentinelas que observam o mar estalando ao vento. Davam a impressão de ser feitos de todo tipo de tralhas. Entretanto essas torres duvidosas, feitas de tábuas, resistem a tudo. Em cima da plataforma, há um amontoado de cordas, manivelas e roldanas. Quando os homens estão trabalhando, tudo estala e estica. O *trabucco* faz as redes irem subindo lentas e majestosas, qual um homem alto e magro que mergulhasse as mãos na água e as retirasse lentamente, como se estivesse segurando tesouros do mar.

A família da mulher de Raffaele possuía um *trabucco*. Isso os Scorta sabiam. Mas, até agora, tratava-se apenas de uma carcaça meio abandonada que não tinha qualquer utilidade. Um amontoado de tábuas e mastros carcomidos. Meses atrás, Raffaele decidira restaurar o *trabucco*. Trabalhava à noite, depois de um dia de pesca. Ou nos dias de mau tempo. Sempre às escondidas. Trabalhou duro e, para superar os momentos de desânimo diante do tamanho da tarefa, pensava na surpresa que seria para Domenico, Giuseppe e Carmela descobrir aquele lugar, inteiramente novo e pronto para ser usado.

Os Scorta estavam boquiabertos. Não só aquele monte de madeira emitia uma estranha sensação de solidez, mas tudo havia sido decorado com bom gosto e elegância. A surpresa foi ainda maior quando descobriram que, no centro da plataforma, em meio às cordas e às redes, reinava uma imensa mesa sobre a qual fora posta uma bela toalha branca bordada à mão. De uma ponta do *trabucco* vinha um cheiro de peixe e louro grelhados. Raffaele meteu a cabeça para fora de um cantinho onde instalara um forno a lenha e uma grelha, e gritou, com um vasto sorriso no rosto: "Sentem-se! Bem-vindos ao *trabucco*! Sentem-se!" E, a cada pergunta que lhe faziam, beijando-o, ria com um ar de conspirador. "Mas quando foi que construiu esse forno?" "Onde arranjou essa mesa?" "Você devia ter nos dito para trazer alguma coisa..." Raffaele apenas sorria e só fazia responder: "Sentem-se, não se preocupem com nada, sentem-se."

Carmela e os seus foram os primeiros a chegar. Mal tinham acabado de sentar, porém, quando ouviram gritos vindos da escada. Domenico e a mulher estavam chegando, com as duas filhas, seguidos de Giuseppe, a mulher e o pequeno Vittorio. Estavam todos lá. Abraçavam-se. As mulheres elogiavam as roupas umas das outras. Os homens ofereciam cigarros e erguiam no ar os sobrinhos que gritavam de alegria com aqueles abraços de gigantes. Carmela se afastou um pouco e sentou-se por alguns instantes. O tempo necessário para contemplar aquela pequena comunidade reunida. Todos os que amava estavam ali. Radiantes à luz de um domingo, com os vestidos das mulheres acariciando a brancura das camisas dos homens. O mar estava calmo e feliz. Sorriu como raramente fazia. Um sorriso de confiança na vida. Seu olhar passeou por cada um deles. Giuseppe e a mulher, Mattea, uma filha de pescador que substituíra, em seu vocabulário pessoal, a palavra "mulher" pela palavra "puta"; por causa disso, não era raro ouvi-lo cumprimentar uma amiga na rua gritando "*Ciao puttana!*", o que fazia rir os passantes. O olhar de Carmela se detêve nas crianças com carinho: Lucrezia e

Nicoletta, as duas filhas de Domenico todas paramentadas com lindos vestidos brancos; Vittorio, filho de Giuseppe e Mattea, que a mãe amamentava murmurando: "Beba, seu bobo, beba, é tudo seu"; e Michele, o mais novo integrante do clã, que berrava, enrolado em seus cueiros, passando de mão em mão entre as mulheres. Ficou olhando para eles e disse consigo mesma que iam poder ser felizes. Simplesmente felizes.

Foi tirada de seus pensamentos pela voz de Raffaele que gritava: "Está na mesa! Está na mesa!" Levantou-se, então, e fez o que decidira fazer. Cuidar dos seus. Rir junto com eles. Beijá-los. Cercá-los de atenção. Dedicar-se a cada um deles com cortesia e felicidade.

Eram uns quinze à mesa e ficaram um momento se entreolhando, surpresos ao ver como o clã tinha crescido. Raffaele estava radiante de felicidade e gulodice. Sonhara tanto com esse instante. Todos os que amava estavam ali, seus convidados, em seu *trabucco*. Corria de um lado para o outro, do forno à cozinha, das redes de pesca à mesa, sem descanso, certificando-se de que todos estavam servidos e não lhes faltava nada.

Esse dia ficou gravado na memória dos Scorta. Pois, tanto para os adultos quanto para as crianças, foi a primeira vez que comeram assim, juntos. Tio Faelucc' tinha feito tudo na maior fartura. Como entrada, Raffaele e Giuseppina trouxeram para a mesa uma dezena de pratos. Ostras grandes como um dedo polegar, recheadas com um creme à base de ovos, miolo de pão e queijo. Anchovas marinadas cuja carne estava bem rija, mas desmanchava na boca. Tentáculos de polvo. Salada de tomates e chicória. Berinjelas grelhadas em fatias bem finas. Anchovas fritas. Os pratos iam circulando de um lado a outro da mesa. Todos se serviam com o prazer de não precisar escolher e poder comer de tudo.

Quando as travessas ficaram vazias, Raffaele trouxe duas enormes vasilhas fumegantes. Numa delas, a massa tradicional da região:

troccoli ao molho de tinta de lula. Na outra, um risoto de frutos do mar. Os pratos foram recebidos com um "hurra" geral, que fez a cozinheira enrubescer. É a hora em que o apetite já está aberto e acreditamos poder ficar comendo por dias a fio. Raffaele trouxe também cinco garrafas do vinho da região. Um vinho tinto, áspero e escuro como o sangue de Cristo. O calor estava agora no auge. Os convivas estavam abrigados do sol por uma esteira de palha, mas, pelo ar escaldante, dava para sentir que até os próprios lagartos deviam estar suando.

As conversas começavam em meio ao barulho de talheres — e eram interrompidas pela pergunta de uma criança ou um copo de vinho derrubado. Falavam sobre tudo e sobre nada. Giuseppina contou como tinha preparado a massa e o risoto. Como se o prazer de falar de comida enquanto se come fosse ainda maior. Conversavam. Riam. Cada qual atento ao vizinho, cuidando para que seu prato nunca ficasse vazio.

Quando as vasilhas se esvaziaram, todos estavam satisfeitos. Sentiam a barriga cheia. Tinham comido o bastante. Mas, para Raffaele, o almoço ainda não tinha acabado. Trouxe para a mesa cinco imensas travessas cheias de várias espécies de peixe pescadas naquela mesma manhã. Eram congros, dourados. E uma tigela cheia de lulas fritas. Enormes camarões rosados, grelhados no forno a lenha. Até mesmo algumas lagostas. Ao verem aqueles pratos, as mulheres juraram que sequer tocariam neles. Diziam que era demais. Que iam morrer. Mas não se podia fazer tal desfeita a Raffaele e Giuseppina. E não apenas a eles. À vida também, que lhes oferecia um banquete que jamais esqueceriam. A gente do Sul come com uma espécie de frenesi e avidez esganados. Enquanto agüentar. Como se fosse acontecer o pior. Como se estivesse comendo pela última vez. Ninguém pára enquanto a comida não tiver acabado. É uma espécie de instinto pânico. E azar se alguém ficar doente. É preciso comer com alegria e exagero.

As travessas circularam pela mesa e todos degustaram os peixes com paixão. Não se comia mais pela barriga, e sim pelo paladar. No entanto, apesar de toda a boa vontade, ninguém conseguiu acabar com as lulas fritas. O que deixou Raffaele com uma vertiginosa sensação de contentamento. Tem que sobrar alguma coisa, caso contrário, é sinal de que os convidados não ficaram satisfeitos. No final do almoço, Raffaele se virou para o irmão Giuseppe e lhe perguntou, dando-lhe uns tapinhas na barriga: "*Pancia piena?*" E todos caíram na risada, afrouxando o cinto ou pegando o leque. O calor tinha diminuído, mas os corpos saciados começavam a suar depois de tanta comida ingerida, de tanta mastigação prazerosa. Raffaele trouxe então café para os homens e três garrafas de digestivos: uma de *grappa*, uma de *limoncello* e uma de aguardente de louro. Depois que todos se serviram, ele disse:

— Como vocês sabem, todos no vilarejo nos chamam de "taciturnos". Dizem que somos os filhos da Muda e que nossa boca só serve para comer, e não para falar. Pois muito bem. Vamos nos orgulhar disso. Se isso afasta os bisbilhoteiros e enfurece esses babacas, somos mesmo "os taciturnos". Mas que esse silêncio seja só para eles; nunca para nós. Não vivi tudo o que vocês viveram. É bem provável que morra em Montepuccio sem jamais ter visto nada além das colinas secas dessa região. Mas, com vocês é diferente. Conhecem muito mais coisas que eu. Prometam falar disso com meus filhos. Contar a eles o que viram. Para que tudo o que acumularam durante a viagem a Nova York não morra com vocês. Prometam que cada um de vocês contará alguma coisa a meus filhos. Uma coisa que tenha aprendido. Uma lembrança. Um conhecimento. Vamos fazer isso entre nós. De tio para sobrinho. De tia para sobrinha. Um segredo que tenham guardado e que não vão revelar a mais ninguém. Sem o que nossos filhos vão continuar sendo montepuccianos como outros quaisquer. Ignorantes acerca do mundo. Só conhecendo o silêncio e o calor do sol.

Os Scorta concordaram. Claro. Que fosse assim. Que cada um deles falasse ao menos uma vez na vida. Com um sobrinho ou uma sobrinha. Para lhe contar o que sabe antes de desaparecer. Falar uma vez. Para dar um conselho, transmitir um saber. Falar. Para não serem simples animais que vivem e morrem debaixo desse sol calado.

O almoço estava terminado. Quatro horas depois de terem sentado à mesa, os homens se recostaram nas cadeiras, as crianças foram brincar nas cordas e as mulheres começaram a tirar os pratos.

Todos estavam exaustos, como depois de uma batalha. Exaustos e felizes. Pois a batalha daquele dia fora vencida. Juntos, tinham gozado um pouco a vida. Tinham deixado de lado a dureza dos outros dias. Aquele almoço ficou na lembrança de todos como o grande banquete dos Scorta. Foi a única vez em que o clã inteiro se reuniu. Se os Scorta tivessem uma máquina fotográfica, teriam imortalizado aquela tarde de convívio. Estavam todos lá. Pais e filhos. Foi o apogeu do clã. E nada deveria mudar.

Entretanto as coisas não tardariam a murchar, o solo a se fender sob seus pés e os vestidos pastel das mulheres a escurecer com as cores sombrias do luto. Antonio Manuzio ia embarcar para a Espanha e morrer por lá, de um ferimento sério — sem honras, nem glória —, deixando Carmela viúva, com os dois filhos. Este seria o primeiro véu a encobrir a felicidade da família. Domenico, Giuseppe e Raffaele decidiriam deixar a tabacaria para a irmã, já que era tudo o que ela possuía e tinha duas bocas para alimentar. Elia e Donato não deveriam começar do nada, conhecer a miséria que os tios haviam conhecido.

A dor ia rachar a vida plena daqueles homens e mulheres, mas, por enquanto, ninguém imaginava tal coisa. Antonio Manuzio se serviu de mais um copo de *grappa*. Todos estavam entregues à felicidade sob o olhar generoso de Raffaele, que chorara de alegria diante do espetáculo dos irmãos degustando os peixes que ele próprio assara.

No final do almoço, tinham a barriga cheia, os dedos sujos, as camisas manchadas e o rosto suado, mas estavam embevecidos. Foi a custo que deixaram o *trabucco* e retomaram sua vida.

Por muito tempo, o cheiro quente e forte do louro na grelha significou, para eles, o cheiro da felicidade.

O SENHOR ENTENDE POR QUE FIQUEI ASSUSTADA *quando me dei conta, ontem, de que tinha esquecido o nome de Korni. Se esquecer esse nome, por um segundo que seja, é porque tudo está perdido. Ainda não contei tudo, dom Salvatore. Mas preciso de algum tempo. Fume. Fume com calma.*

De volta a Montepuccio, fiz meus irmãos jurarem que nunca falaríamos de nosso fracasso nova-iorquino. Raffaele ficou sabendo de nosso segredo na noite em que enterramos a Muda, porque tinha nos pedido para contar a viagem e nenhum de nós queria mentir para ele. Era um dos nossos. Também jurou. E todos mantiveram a palavra. Não queria que ninguém ficasse sabendo. Para todos em Montepuccio, fomos a Nova York e passamos uns meses por lá. O suficiente para ganhar algum dinheiro. Quando nos perguntavam por que tínhamos voltado tão depressa, dizíamos que não era conveniente deixar nossa mãe sozinha aqui. Que não podíamos saber que tinha morrido. Isso bastava. Ninguém perguntava mais nada. Eu não queria que ficassem sabendo que os Scorta tinham sido recusados lá. O que dizem a nosso respeito, a história que nos atribuem, é o que conta. Queria que atribuíssem Nova York aos Scorta. Que deixássemos de ser uma família de degenerados ou de miseráveis. Conheço o povo daqui. Iam falar do azar que nos acompanhava. Iam evocar a maldição de Rocco. E é impossível se livrar disso. Voltamos mais ricos do que éramos quando partimos. Isso é que importa. Nunca contei nada a meus filhos. Nenhum de nossos filhos ficou sabendo. Fiz meus irmãos jurarem e eles cumpriram o juramento. Era preciso que todos acreditassem em Nova York. Fizemos mais que isso. Falamos da cidade e da vida que levávamos por lá. Com detalhes. Pudemos fazer isso porque o velho Korni tinha feito a mesma coisa conosco. Na viagem de volta, ele encontrou um homem que falava italiano e pediu que traduzisse para nós as cartas que tinha recebido do irmão. Passamos noites inteiras ouvindo essas histórias. Ainda me lembro de algumas delas. O irmão do velho Korni falava de sua vida, de seu bairro. Descrevia as ruas, as pessoas que moravam em seu edifício. Korni nos fez ouvir essas cartas e não se tratava de uma tortura suplementar. Ele estava abrindo para nós as portas da cidade. Vagávamos por ela. Podíamos nos instalar ali, em pensamento. Falei de Nova York a meus filhos graças às cartas do velho Korni. Giuseppe e Domenico fizeram a mesma coisa. É por isso, dom Salvatore, que estou lhe entregando o ex-voto "Nápoles–Nova York". Peço-lhe que o pendure na igreja. Uma passagem só de ida para Nova York. Gostaria que ficasse na igreja de Montepuccio. E que os círios queimem pelo velho Korni. É mentira. Mas o senhor entende que não é mentira, não é? Sei que o senhor vai fazer o que estou pedindo. Quero que Montepuccio continue acreditando que estivemos lá. Quando Ana for mais crescida, o senhor tira ele da parede e entrega a ela. Ela vai fazer perguntas. O senhor vai responder. Mas, até lá, gostaria que os olhos dos Scorta se iluminassem com o brilho daquela imensa cidade de vidro.

VI

Comedores de sol

Corredores de sol

NUMA MANHÃ DE AGOSTO DE 1946, entrou em Montepuccio um homem montado num asno. Tinha um nariz comprido e bem reto, e olhos miúdos e negros. Um rosto que não deixava de ter certa nobreza. Era jovem, talvez uns vinte e cinco anos, mas o longo rosto magro lhe dava uma severidade que o fazia parecer mais velho. Os mais idosos do vilarejo lembraram de Luciano Mascalzone. O forasteiro avançava com o mesmo passo lento do destino. Quem sabe um de seus descendentes. Mas ele foi direto para a igreja e, antes mesmo de pegar a bagagem, de dar de comer ao animal ou de se lavar; antes mesmo de beber um pouco de água e se estirar, para grande espanto da cidade inteira, fez todos os sinos repicarem. Montepuccio tinha um novo vigário: dom Salvatore, que logo seria apelidado "o calabrês".

No próprio dia de sua chegada, dom Salvatore celebrou a missa diante de três velhas levadas até a igreja por curiosidade. Queriam ver como era o novo padre. Ficaram atônitas e espalharam o boato de que o sermão daquele jovem tinha sido de uma violência inaudita.

Aquilo intrigou a todos. No dia seguinte, havia mais cinco pessoas na missa e assim sucessivamente, até o primeiro domingo. Nesse dia, a igreja ficou lotada. As famílias vieram em peso. Todos queriam ver se o novo vigário era o homem que lhes convinha ou se teriam de lhe reservar a mesma sorte de seu predecessor. Na hora do sermão, ele tomou a palavra com autoridade:

—Vocês se dizem cristãos — disse ele — e vêm buscar consolo junto a Nosso Senhor porque sabem que Ele é bom e justo em tudo, mas entram na casa Dele com os pés sujos e o hálito carregado. Não estou nem falando de suas almas, que são negras como tinta de lula. Vocês nasceram pecadores, como todos nós, mas gostam dessa condição, como o porco gosta de estar na lama. Havia uma grossa camada de poeira nos bancos desta igreja quando entrei aqui alguns dias atrás. Que cidade é essa que deixa a poeira se acumular na casa do Senhor? Quem vocês acham que são para dar as costas assim a Nosso Senhor? E não me venham falar de pobreza. Não me venham falar da necessidade de trabalhar dia e noite, do pouco tempo que sobra fora do campo. Venho de uma terra onde os campos que vocês têm seriam considerados verdadeiros jardins do Éden. Venho de uma terra onde o mais pobre de vocês seria tratado como um príncipe. Não. Confessem, vocês se perderam. Conheço seus rituais de camponeses. Posso adivinhá-los só de olhar para suas caras. Seus exorcismos. Seus ídolos de madeira. Sei de suas infâmias contra o Todo-Poderoso, de seus ritos profanos. Confessem e arrependam-se, bando de salafrários. A Igreja pode lhes dar o seu perdão e fazer de todos o que nunca foram, cristãos honestos e sinceros. A Igreja pode fazer isso porque é bondosa para com os seus, mas terá de ser por meu intermédio e eu vim para cá a fim de tornar a vida de vocês um tormento. Se persistirem nessa ignomínia, se continuarem a fugir da Igreja e a desprezar seu vigário; se continuarem se dedicando a ritos selvagens, fiquem sabendo o que acontecerá, e não tenham dúvidas quanto a isto: o céu vai se encobrir e vai chover no verão, durante trinta dias e trinta

noites. Os peixes vão evitar suas redes. As oliveiras crescerão pelas raízes. Os asnos darão à luz gatos cegos. E, em breve, não restará nada de Montepuccio. Pois essa é a vontade de Deus. Rezem por Sua misericórdia. Amém.
   A assistência estava pasma. No início, ouviram-se alguns murmúrios. Resmungava-se baixinho. Pouco a pouco, porém, o silêncio voltou a reinar, um silêncio fascinado e cheio de admiração. À saída da missa, o veredicto era unânime: "Esse, sim, é um homem de têmpera. Nada a ver com aquele branquelo do milanês."
   Dom Salvatore foi adotado. Sua solenidade tinha agradado a todos. Ele tinha a rudeza das terras do Sul e o olhar sombrio dos homens sem medo.

ALGUNS MESES DEPOIS DE CHEGAR em Montepuccio, dom Salvatore teve de enfrentar seu primeiro batismo de fogo: preparar a festa do padroeiro, santo Elias. Durante uma semana, não conseguiu mais dormir. Na véspera da festa, ainda corria de um lado a outro, com as sobrancelhas franzidas. As ruas já estavam ornamentadas para o grande dia. Com lanternas e guirlandas penduradas. Pela manhã, ao cantar do galo, tiros de canhão fizeram as paredes das casas estremecerem. Tudo estava pronto. A excitação era cada vez maior. As crianças estavam impacientes. As mulheres já preparavam o cardápio dos dias de festa. Fritavam, uma a uma, no suor das cozinhas, fatias de berinjela para a *parmigiana*. A igreja tinha sido decorada. As estátuas de madeira dos santos saíram de seus altares e foram exibidas aos paroquianos: santo Elias, são Roque e são Miguel. Estavam cobertas de jóias, como manda o costume: cordões e medalhas de ouro, oferendas que cintilavam à luz das velas.

Às onze da noite, quando todo o vilarejo estava no corso, degustando tranqüilamente refrescos ou sorvetes, ouviu-se um berro selvagem e dom Salvatore apareceu lívido, com os olhos esbugalhados, como se tivesse visto o diabo, os lábios sem cor, parecendo que ia desmaiar. Gritava, como um animal ferido: "Roubaram as medalhas de são Miguel!" E, de imediato, Montepuccio inteira se calou. O silêncio durou o suficiente para que cada qual tivesse tempo de entender realmente o que o vigário acabava de dizer. As medalhas de são Miguel. Roubadas. Aqui. Em Montepuccio. Não era possível.

Então, subitamente, o silêncio se transformou em murmúrio de raiva, e todos os homens se levantaram. Quem? Quem poderia ter cometido um crime desses? Era uma ofensa a toda a aldeia. Ninguém se lembrava de jamais ter visto coisa igual. Roubar são Miguel! Na véspera da festa! Isso traria azar para toda a gente do lugar. Um grupo de homens voltou para a igreja. Os que tinham vindo rezar foram interrogados. Teriam visto algum forasteiro rondando pela vizinhança? Algo de anormal? Procuraram por toda parte. Olharam para ver se as medalhas não teriam caído debaixo da estátua. Nada. Ninguém tinha visto nada. Dom Salvatore continuava repetindo: "Maldição! Maldição! Essa cidade é um amontoado de bandidos!" Queria cancelar tudo. A procissão. A missa. Tudo.

Na casa de Carmela a consternação era a mesma que em todo o vilarejo. Giuseppe tinha vindo jantar. Durante toda a refeição, Elia ficou se remexendo na cadeira. Quando a mãe afinal tirou seu prato, o menino exclamou:

— Mas, convenhamos... Viram a cara de dom Salvatore?

E começou a rir, com um riso que fez a mãe empalidecer. Ela compreendeu imediatamente.

— Foi você, Elia? Foi você? — perguntou ela, com a voz trêmula.

E o menino riu ainda mais, com aquele riso louco que os Scorta tão bem conheciam. Claro. Tinha sido ele. Mas, que brincadeira! A cara de dom Salvatore. E o pânico por toda a aldeia!

Carmela estava lívida. Voltou-se para o irmão e disse, com uma voz fraca como se estivesse morrendo:

— Vou-me embora. Mate ele por mim.

Levantou-se e saiu batendo a porta. Foi direto para a casa de Domenico e lhe contou tudo. Já Giuseppe ficou furioso. Pensou no que a aldeia ia dizer. Pensou na vergonha que seria para todos eles. Quando sentiu enfim o sangue ferver, levantou-se e castigou o sobrinho como tio algum jamais fez. O menino teve um corte no supercílio e abriu o lábio. Depois, Giuseppe sentou a seu lado. A raiva cedera, mas ele não sentiu nenhum alívio. Seu coração estava tomado por uma grande desolação. Tinha batido no garoto, mas, no final das contas, o resultado era o mesmo, não tinha outra saída. Então, fitando o rosto inchado do sobrinho, disse:

— Isso foi a raiva de um tio. Vou entregar você à raiva do vilarejo.

Já ia saindo, deixando o menino entregue à sua sorte, quando se lembrou de algo.

— Onde estão as medalhas? — perguntou ele.

— Debaixo do meu travesseiro — respondeu Elia entre dois soluços.

Giuseppe foi até o quarto, passou a mão sob o travesseiro, pegou o saquinho onde o ladrão enfiara seu tesouro e, mortificado, com a cabeça baixa e o olhar vago, dirigiu-se diretamente para a igreja. "Que ao menos a festa de santo Elias se realize", dizia consigo mesmo. "Azar se nos massacrarem por termos engendrado um herege como ele. Mas que a festa se realize."

Não procurou esconder nada. Acordou dom Salvatore e, sem esperar que ele desse acordo de si, entregou-lhe as medalhas, dizendo:

— Aqui estão as medalhas do santo, dom Salvatore. Não vou tentar esconder do senhor quem é o criminoso, pois Deus já sabe de tudo. É meu sobrinho, Elia. Se sobreviver ao castigo que lhe dei, só lhe restará fazer as pazes com o Senhor, antes que os montepuccianos arranquem a pele dele. Não estou lhe pedindo nada. Nenhum favor.

Nenhuma clemência. Vim apenas trazer as medalhas. Para que a festa se realize amanhã, dia 20 de agosto, como sempre acontece em Montepuccio desde que o mundo é mundo.

Depois, sem esperar resposta do vigário que estava atônito, dividido entre a alegria, o alívio e a raiva, deu meia-volta e foi para casa.

Giuseppe tinha razão achando que a vida do sobrinho estava em perigo. Sabe-se lá como, os boatos começaram a circular e, naquela mesma noite, já se dizia que Elia Manuzio era um ladrão herege. Formaram-se grupos de homens jurando aplicar um corretivo memorável ao profanador. Procuraram o menino por toda parte.

A primeira coisa que Domenico fez quando viu a irmã chegar aos prantos foi apanhar a pistola. Estava disposto a usá-la se tentassem impedi-lo de passar. Foi direto para a casa de Carmela e encontrou o sobrinho meio desacordado. Pegou-o no colo e, sem se dar o trabalho de limpar seu rosto, montou-o no lombo de uma mula e o levou para um casebre de pedra no meio de seus olivais. Deu-lhe um pouco de água e o trancou ali para passar a noite.

No dia seguinte, a festa de santo Elias transcorreu normalmente. Não se viam mais vestígios do drama da véspera naqueles rostos. Domenico Scorta participou da festa, como costumava fazer. Carregou a estátua de são Miguel durante a procissão e disse a quem quisesse ouvir que o degenerado do seu sobrinho era uma peste e que, se não temesse derramar o próprio sangue, o teria matado. Nem por um instante as pessoas desconfiaram que ele era o único a saber onde o menino estava escondido.

Terminada a festa, os grupos de homens recomeçaram a procurar o bandido. A missa e a procissão puderam se realizar, o essencial estava salvo, mas, agora, restava punir o ladrão, e de modo exemplar, para que aquilo nunca mais voltasse a acontecer. Durante dez dias, andaram atrás de Elia. Procuraram-no em todos os cantos do vilarejo.

No meio da noite, Domenico ia lhe levar comida às escondidas. Não dizia nada. Ou quase nada. Dava-lhe de comer. E de beber. Depois, ia embora. Tendo sempre o cuidado de fechar a porta ao sair. Ao cabo de dez dias, cessaram as buscas e a aldeia se acalmou. Era impensável, porém, que Elia voltasse para Montepuccio. Domenico arranjou um lugar para ele, na casa de um velho amigo em San Giocondo. Pai de quatro filhos que trabalhavam duro na roça. Combinaram que Elia ficaria lá por um ano e só depois voltaria para Montepuccio.

Quando o asno já estava carregado com alguma bagagem, Elia se virou para o tio e disse:

— Obrigado, *zio* — com os olhos cheios de arrependimento.

A princípio, o tio não respondeu. O sol ia surgindo. Uma linda luz rosada vinha acariciar o cume das colinas. Ele se voltou então para o sobrinho e disse essas palavras que Elia nunca mais esqueceu. Naquela bela luz do dia que nascia, Domenico lhe revelou o que considerava ser a sua sabedoria pessoal:

— Você não é nada, Elia. Eu também não. O que conta é a família. Sem ela, você estaria morto e o mundo teria continuado a girar sem nem mesmo perceber seu desaparecimento. Nascemos e morremos. E, nesse meio tempo, só uma coisa importa. Você e eu, isolados, não somos nada. Mas os Scorta, esses sim, são alguma coisa. Foi por isso que o ajudei. Por nada mais. De agora em diante, você tem uma dívida. Uma dívida para com aqueles que têm esse sobrenome. Um dia, talvez daqui a vinte anos, vai poder saldar essa dívida. Ajudando um dos nossos. Foi para isso que o salvei, Elia. Por que vamos precisar de você quando tiver se tornado uma pessoa melhor; como precisamos de todos os nossos filhos. Não se esqueça disso. Você não é nada. O nome dos Scorta se transmite através de você. É só. Agora, vá. E que Deus, sua mãe e a aldeia o perdoem.

O EXÍLIO DO IRMÃO MERGULHOU DONATO numa melancolia de menino-lobo. Ele não falava mais. Não brincava mais. Passava horas inteiras no meio do corso, imóvel, e, quando Carmela lhe perguntava o que estava fazendo ali, respondia invariavelmente:
— Esperando Elia.
Aquela súbita solidão imposta às suas brincadeiras de criança tinha virado o seu mundo de pernas para o ar. Sem Elia por perto, o mundo tinha ficado feio e chato.

Certa manhã, diante da xícara de leite, Donato fitou a mãe com um ar bem sério e perguntou:
— Mamãe?
— O que é? — respondeu ela.
— Se eu roubar as medalhas de são Miguel vou poder ir ficar com Elia?
A pergunta deixou Carmela horrorizada. Ficou de queixo caído. Correu à casa de Giuseppe e lhe contou a cena.

— Peppe — acrescentou ela —, você precisa olhar por Donato, senão ele vai cometer um crime. Ou então vai acabar morrendo. Não quer comer. Só fala do irmão. Fique com ele para fazê-lo sorrir. Ninguém deve ter olhos mortos assim na idade dele. Esse menino bebeu toda a tristeza do mundo.

Giuseppe fez o que ela lhe pediu. Naquela mesma noite, foi buscar o sobrinho e o levou para o cais, fazendo-o subir no barco. Quando Donato lhe perguntou aonde estavam indo, Peppe respondeu que já era hora de ele entender uma porção de coisas.

Os Scorta faziam contrabando. Há muito tempo. Começaram durante a guerra. Os tíquetes de racionamento eram um freio possante para o comércio. O fato de haver um número limitado de maços de cigarros a serem vendidos por habitante era uma aberração aos olhos de Carmela. Começou com os soldados ingleses que lhe davam de bom grado alguns pacotes de cigarros em troca de presunto. Só precisava encontrar soldados que fumassem. Depois, Giuseppe ficou encarregado do tráfico com a Albânia. Diversas barcas aportavam à noite, cheias de cigarros roubados dos depósitos do Estado ou de outras tabacarias da região. Os pacotes clandestinos eram mais baratos e ela podia manter uma contabilidade paralela que escapasse ao controle fiscal.

Giuseppe tinha decidido levar Donato para fazer sua primeira viagem de contrabando. Ao ritmo lento dos remos, rumaram para a enseada de Zaiana. Um pequeno barco a motor os esperava ali. Giuseppe cumprimentou um homem que falava mal italiano e, juntos, carregaram o barco com dez caixas de cigarros. Depois, na calma da noite que impregnava a água, voltaram para Montepuccio. Sem dizer uma palavra.

Quando atracaram, aconteceu uma coisa inesperada. O pequeno Donato não quis sair do barco. Ficou ali, com ar decidido, de braços cruzados.

— O que é que houve, Donato? — indagou o tio, divertido.

O menino o fitou por um bom tempo e, depois, perguntou, com voz pausada:

— Você sempre faz isso, *zio*?
— Faço — respondeu Giuseppe.
— E sempre de noite?
— É. Sempre de noite — disse o tio.
— É assim que você ganha dinheiro? — perguntou o garoto.
— É.

Donato ficou calado ainda uns momentos. Depois, com um tom que não admitia comentários, declarou:

— Quero fazer isso também.

A viagem noturna o deixou feliz. O barulho das ondas, o escuro, o silêncio. Havia nisso alguma coisa misteriosa e sagrada que mexeu com ele. Aquelas viagens pela água. Sempre de noite. A clandestinidade como profissão. Aquilo lhe pareceu fabuloso em termos de liberdade e audácia.

No caminho de volta, impressionado pelo entusiasmo do sobrinho, Giuseppe o segurou pelos ombros e lhe disse:

— Temos de nos virar, Donato. Lembre-se sempre disso. Nos virar. Não deixe que digam que isso é ilegal, proibido ou perigoso. A verdade é que temos de alimentar os nossos, só isso.

O menino continuava pensativo. Era a primeira vez que o tio falava assim com ele, com uma voz tão séria. Prestou atenção e, não sabendo o que dizer diante da regra que acabava de lhe ser ensinada, ficou calado, orgulhoso por ver que o tio o considerava um homem com quem se podia falar.

DOMENICO FOI A ÚNICA PESSOA A VER Elia durante seu ano de exílio. Se, para todos, o roubo das medalhas de são Miguel havia sido uma terrível bofetada, para Domenico, foi a chance de descobrir o sobrinho. Algo naquele gesto lhe soara simpático.

Quando estava fazendo um ano do roubo, Domenico chegou de surpresa à casa da família que abrigava Elia, pediu para vê-lo e, quando o menino chegou, pegou-o pelo braço e o levou para um passeio nas colinas. Tio e sobrinho conversaram ao ritmo lento do caminhar. Por fim, Domenico voltou-se para Elia e, estendendo-lhe um envelope, disse:

— Daqui a um mês, se tudo correr bem, você poderá voltar para Montepuccio. Acho que vão aceitá-lo. Ninguém mais fala de seu crime. Tudo se acalmou. Vamos ter de novo a festa de santo Elias. Daqui a um mês, se você quiser, pode voltar para junto de nós. Mas vim até aqui lhe propor outra coisa. Tome. Pegue esse envelope. É dinheiro. Muito dinheiro. Dá para você viver por uns seis meses.

Pegue isso e vá embora. Para onde quiser. Para Nápoles. Para Roma. Ou para Milão. Mando mais dinheiro se essa quantia não for suficiente. Entenda bem, Elia, não estou mandando você embora. Mas quero que tenha escolha. Você pode ser o primeiro Scorta a sair dessa terra. Só você é capaz de fazer isso. Aquele roubo é a prova do que estou dizendo. Tem coragem. O exílio o fez amadurecer. Não precisa de mais nada. Eu não disse nada a ninguém. Sua mãe não está sabendo. Nem seus tios. Se decidir partir, eu me encarrego de explicar tudo. Agora, ouça, Elia. Você ainda tem um mês. Fique com o envelope. Quero que pense bem.

Domenico abraçou o sobrinho e lhe deu um beijo na testa. Elia estava atordoado. Dentro dele, desejos e temores se atropelavam. A estação de estrada de ferro de Milão. As grandes cidades do Norte, envoltas numa nuvem de fumaça das fábricas. A vida solitária do emigrado. Mentalmente, não conseguia abrir caminho naquele amontoado de imagens. O tio o chamara de Scorta. O que será que queria dizer com isso? Teria simplesmente esquecido que seu sobrenome era Manuzio?

Um mês depois, bateram à porta da bela casa de Domenico, na hora em que a claridade da manhã começa a aquecer as pedras. Domenico foi abrir. Elia estava à sua frente. Sorridente. Sem qualquer hesitação, estendeu-lhe o envelope com o dinheiro da viagem.

— Vou ficar — disse ele.

— Eu sabia — respondeu o tio num murmúrio.

— Como? — perguntou Elia intrigado.

— O tempo tem estado belíssimo — disse Domenico.

Vendo que Elia não tinha entendido, convidou-o para entrar, serviu-lhe uma bebida e explicou.

— Tem feito dias belíssimos. Há um mês, o sol tem estado escaldante. Era impossível que você fosse embora. Quando o sol reina no céu, quente a ponto de fazer as pedras estalarem, não tem jeito.

Gostamos demais dessa terra. Ela não nos dá nada, é mais pobre que nós, mas, quando é aquecida pelo sol, nenhum de nós consegue deixá-la. Nascemos ao sol, Elia. O calor dele está em nós. Nas lembranças mais remotas de nossos corpos, lá está ele, esquentando nossa pele de bebê. E continuamos a comê-lo, a mordê-lo com força. Ele está nas frutas que comemos. Pêssegos. Azeitonas. Laranjas. É o perfume dele. Com o azeite que ingerimos, ele desce por nossa garganta. Ele está em nós. Somos comedores de sol. Sabia que você não iria embora. Se tivesse chovido recentemente, talvez. Mas, assim, era impossível.

Elia ouviu divertido a teoria que Domenico expunha com certa ênfase — como para mostrar que ele mesmo não acreditava inteiramente naquilo. Estava feliz. Queria falar. Era o seu jeito de agradecer a Elia por ter voltado. Então, o rapaz retomou a palavra e disse:

— Voltei por sua causa, *zio*. Não quero ficar sabendo de sua morte por um telefonema longínquo e chorar, sozinho, num quarto de Milão. Quero estar aqui. A seu lado. E curtir sua presença.

Domenico ouvia o sobrinho com tristeza no olhar. É claro que estava radiante com a decisão de Elia. É claro que, noites a fio, rezou para que o rapaz não escolhesse ir embora, mas algo dentro dele sentia aquela volta como uma capitulação. Lembrava do fracasso nova-iorquino. Então, um Scorta nunca conseguiria se livrar daquela terra miserável. Um Scorta nunca escaparia ao sol da Puglia. Nunca.

QUANDO CARMELA VIU O FILHO, acompanhado de Domenico, se persignou e agradeceu aos céus. Elia estava de volta. Depois de um ano fora. Vinha pelo corso com passo firme e ninguém impedia sua passagem. Nenhum murmúrio. Nenhum olhar sombrio. Nenhum grupo de homens se formando às suas costas. Montepuccio tinha perdoado.

Donato foi o primeiro a se atirar nos braços de Elia, gritando de alegria. O irmão mais velho tinha voltado. O garoto estava louco para lhe contar tudo o que aprendera durante sua ausência: as viagens noturnas pelo mar, o contrabando, os esconderijos para as caixas de cigarros ilegais. Queria lhe explicar tudo, mas, por enquanto, contentava-se em abraçá-lo bem apertado, em silêncio.

A vida continuou em Montepuccio. Elia foi trabalhar com a mãe na tabacaria. Todo dia Donato perguntava ao tio Giuseppe se podia ir com ele, e o bom homem acabou se acostumando a levá-lo consigo sempre que ia para o mar à noite.

Assim que tinha algum tempo livre, Elia ia ver Domenico em suas terras. O mais velho dos Scorta estava envelhecendo suavemente, verão após verão. O homem duro e caladão tinha se transformado num sujeito doce com um olhar azul que não deixava de ter uma beleza nobre. Tinha se apaixonado pelas oliveiras e conseguiu realizar seu sonho: tornar-se proprietário de vários hectares. O que mais gostava era contemplar as árvores centenárias quando o calor diminuía e o vento do mar fazia as folhas estremecerem. Agora, só cuidava das suas oliveiras. Dizia sempre que o azeite de oliva era a salvação do Sul. Ficava olhando o líquido escorrer lentamente das garrafas e não podia conter um sorriso de satisfação.

Quando Elia vinha visitá-lo, Domenico o convidava a sentar no grande terraço. Mandava trazer algumas fatias de pão branco e um frasco de azeite de sua própria produção, e ambos degustavam aquele néctar com devoção.

— Isso é ouro — comentava o tio. — Quem diz que somos pobres nunca provou um pedaço de pão regado com o azeite dessas terras. É como morder uma das colinas daqui. Tem cheiro de pedra e sol. Ele reluz. É lindo, espesso, untuoso. O azeite de oliva é o sangue de nossa terra. E os que nos chamam de matutos precisam ver o sangue que corre em nós. É doce e generoso. Porque é isso que somos: matutos de sangue puro. Uns pobres diabos com o rosto crestado pelo sol, as mãos cheias de calos, mas o olhar firme. Olhe a secura dessa terra à nossa volta, e saboreie a riqueza desse azeite. Entre uma e outro, há o trabalho dos homens. E nosso azeite também tem esse cheiro. Do suor de nossa gente. Das mãos calejadas de nossas mulheres que fizeram a colheita. É verdade. E isso é nobre. É por isso que ele é bom. Talvez sejamos miseráveis e ignorantes, mas por tirarmos azeite das pedras, por fazer tanto com tão pouco, seremos salvos. Deus sabe reconhecer o esforço. E nosso azeite de oliva intercederá por nós.

Elia não respondia. Mas aquele terraço dominando as colinas, aquele terraço onde o tio adorava se sentar era o único lugar onde ele se sentia vivo. Aqui, podia respirar.

Domenico ia cada vez menos ao vilarejo. Preferia pôr uma cadeira entre as suas árvores e ficar sentado ali, à sombra de uma oliveira, olhando o céu ir mudando de cor. Havia, porém, um compromisso ao qual não faltava por nada no mundo. Nas noites de verão, às sete horas, ia encontrar os dois irmãos, Raffaele e Giuseppe, no corso. Sentavam-se sempre na varanda do mesmo café, o Da Pizzone, onde sua mesa os aguardava. Peppino, o dono do café, vinha se sentar com eles para jogar cartas. Das sete às nove. Aquele jogo era um compromisso sagrado. Degustavam um San Bitter ou uma aguardente de alcachofra, e iam baixando as cartas, batendo na madeira da mesa, em meio a risos e gritos. Berravam. Xingavam-se loucamente. Maldiziam o céu a cada partida perdida, ou bendiziam santo Elias e a Madona quando estavam com sorte. Implicavam uns com os outros, zombavam do azarado, trocavam tapas nas costas. Aquilo era pura felicidade. Naqueles momentos, não lhes faltava nada. Peppino trazia mais bebidas sempre que os copos se esvaziavam. Contava algumas notícias da cidade. Giuseppe chamava os meninos do bairro, que o tratavam de "*zio*", porque ele sempre lhes dava uma moeda para comprarem amêndoas torradas. Jogavam cartas e o tempo parava de existir. Ficavam ali, naquela varanda, na maravilhosa doçura dos fins de tarde de verão, sentindo-se em casa. E o resto não tinha a menor importância.

Certo dia de junho, Domenico não chegou ao Da Pizzone às sete horas. Esperaram um pouco. Nada. Raffaele e Giuseppe sentiram que algo de grave tinha acontecido. Correram até a tabacaria para saber se Elia tinha visto o tio. Nada. Foram então até a propriedade do irmão com a profunda certeza de que logo estariam diante do pior. Encontraram-no sentado em sua cadeira, no meio das oliveiras, com os braços pendentes, a cabeça inclinada sobre o peito, o chapéu no chão. Morto. Serenamente. Uma ligeira brisa erguia suavemente algumas mechas de seu cabelo. Ao seu redor, as oliveiras o protegiam do sol e o cercavam com o doce ruído da folhagem.

— DESDE QUE MIMI MORREU, tenho pensado sempre numa coisa.
Giuseppe disse isso em voz baixa, sem erguer os olhos. Raffaele o fitou, esperou para ver se ele diria algo mais, e, depois, constatando que Giuseppe não ia prosseguir, perguntou com brandura:
— No quê?
Depois de um instante de hesitação, Giuseppe acabou se abrindo.
— Quando é que fomos felizes?
Raffaele olhou para o irmão com uma espécie de compaixão. A morte de Domenico tinha abalado Giuseppe de uma forma inesperada. Desde o enterro, tinha envelhecido de repente, perdendo aquele ar roliço que tivera a vida toda e que lhe dava, mesmo na idade madura, uma aparência de garoto. A morte de Domenico fora o começo e, agora, Giuseppe estava a postos, sabendo instintivamente que seria o próximo. Raffaele perguntou ao irmão:
— E então? Qual é a sua resposta para essa pergunta?
Giuseppe continuou calado como se tivesse um crime para confessar. Parecia hesitar.

— É exatamente isso — disse ele timidamente. — Pensei muito. Tentei fazer a lista dos momentos felizes que vivi.

— Foram muitos?

— Foram. Pelo menos acho que sim. O suficiente. O dia em que compramos a tabacaria. O nascimento de Vittorio. Meu casamento. Meus sobrinhos. Minhas sobrinhas. É, foram muitos.

— E por que então essa cara triste?

— Porque, quando tento escolher um deles, a lembrança mais feliz da minha vida, sabe o que me vem à cabeça?

— Não.

— Aquele dia em que você nos convidou a todos para ir ao *trabucco* pela primeira vez. É essa a lembrança que sobressai. Aquele banquete. Comemos e bebemos como bem-aventurados.

— *Pancia piena?* — disse Raffaele rindo.

— É. *Pancia piena* — repetiu Giuseppe com lágrimas nos olhos.

— E o que isso tem de triste?

— O que você pensaria de um homem que, no fim da vida, declarasse que o dia mais feliz de sua existência foi o de um almoço? Será que não há alegrias maiores na vida de um homem? Isso não será indício de uma vida deplorável? Será que não devia me envergonhar? E, no entanto, juro, cada vez que penso nisso, é essa lembrança que se destaca entre todas as demais. Lembro de tudo. Tinha um risoto de frutos do mar que desmanchava na boca. Sua Giuseppina estava usando um vestido azul-celeste. Estava linda e não parava de circular entre a mesa e a cozinha. Lembro de você, no forno, suando como um operário das minas. E do barulho dos peixes assobiando na grelha. Está vendo? Depois de toda uma vida, essa é a lembrança mais bonita de todas. Será que isso não faz de mim o mais miserável dos homens?

Raffaele ouviu aquilo com carinho. A voz do irmão o fez reviver aquele almoço. Ele também pôde rever a alegre congregação dos Scorta. Os pratos que passavam de mão em mão. A felicidade de comerem todos juntos.

— Não, Peppe — disse então ao irmão. —Você está certo. Quem pode se vangloriar de ter experimentado felicidade como essa? Não são tantos assim. E por que deveríamos menosprezar isso? Por que estávamos comendo? Por que tudo cheirava a fritura e nossas camisas estavam respingadas de molho de tomate? Feliz daquele que viveu um almoço assim. Estávamos todos juntos. Comemos, conversamos, gritamos, rimos e bebemos como homens. Juntos. Foram instantes preciosos, Peppe. Você está certo. E eu daria tudo para experimentar de novo aquele sabor. Para ouvir de novo as gargalhadas possantes de todos em meio ao perfume do louro na grelha.

DOMENICO FOI O PRIMEIRO A PARTIR, mas Giuseppe não tardou muito a segui-lo. No ano seguinte, levou um tombo nas escadarias da parte antiga do vilarejo e desmaiou. O único hospital do Gargano ficava em San Giovanni Rotondo, a duas horas de Montepuccio. Puseram Giuseppe numa ambulância que saiu pelas estradas das colinas com a sirene apitando. Os minutos iam passando com a lentidão de uma faca que desliza sobre a pele. Giuseppe estava cada vez mais fraco. Depois de quarenta minutos de estrada, a ambulância continuava parecendo um pontinho minúsculo numa imensidão de pedra. Foi então que Giuseppe recuperou os sentidos e teve um instante de lucidez. Voltou-se para o enfermeiro e lhe disse com a determinação dos moribundos:

— Daqui a meia hora, vou estar morto. Você sabe disso. Meia hora. Não vou conseguir agüentar. Não dá tempo de chegar ao hospital. Então, dê marcha a ré e corra. Ainda temos tempo de voltar para minha terra. É lá que quero morrer.

Os dois enfermeiros consideraram que aquelas palavras eram a expressão da última vontade daquele homem e fizeram o que ele mandou. Na pobre imensidão das colinas, a ambulância deu meia-volta e recomeçou a correr loucamente, com a sirene apitando, rumo a Montepuccio. Chegou a tempo. Giuseppe teve a satisfação de morrer na praça principal, cercado pelos seus, espantadíssimos ao ver o retorno daquela ambulância que tinha se curvado diante da morte.

Carmela passou a vestir luto definitivamente. O que não havia feito pelo marido, fez pelos irmãos. Raffaele estava inconsolável. Era como se lhe tivessem cortado os dedos das mãos. Vagava pelo vilarejo sem saber o que fazer consigo mesmo. Só pensava nos irmãos. Todos os dias, voltava ao Da Pizzone e dizia para o amigo:

— Não vejo a hora de irmos nos encontrar com eles, Peppino. Os dois estão lá, nós dois, aqui, e ninguém mais pode jogar cartas.

Ia diariamente ao cemitério e ficava horas falando com as sombras. Certa feita, levou consigo o sobrinho Elia, e, diante da sepultura dos dois irmãos, resolveu falar. Retardou enquanto pôde o momento de fazer isso, já que achava que não tinha nada a ensinar a quem quer que fosse, ele que nunca havia viajado. Mas tinha prometido. O tempo estava passando e não queria morrer sem ter cumprido a promessa. Então, diante daquela sepultura, pôs a mão na nuca de Elia e disse:

— Não fomos nem melhores nem piores que os outros, Elia. Tentamos. E pronto. Tentamos com todas as nossas forças. Cada geração tenta. Construir algo. Consolidar o que possui. Ou aumentar essas posses. Tomar conta dos seus. Cada qual tenta fazer o melhor que pode. Não há nada a fazer além de tentar. Mas não se deve esperar nada no final da corrida. Sabe o que existe no final da corrida? A velhice. Só isso. Então, preste atenção, Elia. Ouça o seu velho tio Faelucc' que não sabe nada de nada e que nunca estudou. Você tem que tirar proveito do seu suor. É o que lhe digo. Pois estes são os momentos mais bonitos de sua vida. Quando luta por alguma coisa;

quando trabalha dia e noite como um condenado, e não tem mais tempo para ver sua mulher e seus filhos; quando sua para construir o que deseja, você está vivendo os momentos mais bonitos da sua vida. Pode acreditar. Tanto para sua mãe quanto para seus tios e para mim, nada se compara àqueles anos em que não tínhamos nada, nem um tostão no bolso, mas lutamos para ter a tabacaria. Foram anos duros. Mas, para cada um de nós, foram os instantes mais bonitos da vida. Tudo a ser construído, e um apetite de leão. Você precisa tirar proveito do seu suor, Elia. Lembre-se disso. Depois, tudo acaba depressa demais. Acredite.

Raffaele tinha lágrimas nos olhos. Falar de seus dois irmãos e daqueles anos luminosos que tinham passado compartilhando tudo o deixava emocionado como uma criança.

— Você está chorando? — perguntou Elia impressionadíssimo ao ver o tio daquele jeito.

— Estou, *amore di zio* — respondeu Raffaele —, mas é bom. Acredite. É bom.

Como já lhe disse, dom Salvatore, eu tinha uma dívida para com meus irmãos. Uma dívida imensa. Sabia que levaria anos para saldá-la. Talvez a vida toda. Mas isso não tinha importância. Era como um dever. O que não tinha previsto, porém, era que, um dia, fosse deixar de querer saldá-la. Jurei que lhes daria tudo. Trabalhar a vida inteira e dar a eles o que conseguisse juntar. Eu lhes devia isso. Jurei ser uma irmã. Ser apenas isso. E foi o que fiz, dom Salvatore. Fui irmã. A vida inteira. O casamento não fez diferença nenhuma. Prova disso é que, quando ficarem sabendo de minha morte, as pessoas não vão dizer "A viúva Manuzio faleceu". Ninguém sabe quem é a viúva Manuzio. Vão dizer, isso sim, "A irmã dos Scorta faleceu". E todos vão entender que é de mim, Carmela, que estão falando. Fico feliz que seja assim. É isso que sou. Que sempre fui. Uma irmã para meus irmãos. Antonio Manuzio me deu seu nome, mas eu não quis saber dele. Será vergonhoso dizer isso? Nunca deixei de ser uma Scorta. Antonio apenas passou pela minha vida.

Só conheci a felicidade quando estava cercada por meus irmãos. Meus três irmãos. Quando estávamos juntos, podíamos engolir o mundo. Achava que as coisas fossem continuar do mesmo jeito, até o fim. Mas menti para mim mesma. A vida foi passando e o tempo se encarregou de mudar tudo, imperceptivelmente. Ele fez de mim uma mãe.

Todos nós tivemos filhos. O clã cresceu. Não percebi que isso mudava tudo. Nasceram meus filhos. Agora, eu era mãe. E, desse dia em diante, virei uma loba. Como toda mãe. Tudo o que construía, era para eles. O que juntava, era para eles. Guardei tudo para Elia e Donato. Uma loba, dom Salvatore. Que só pensa nos seus e morde quem se aproximar. Tinha uma dívida e ela não foi paga. O que devia dar a meus irmãos seria tirado de meus filhos. Quem poderia fazer isso? Fiz o que qualquer mãe faria. Esqueci a dívida e lutei por minha cria. Vejo, por seus olhos, que o senhor quase me perdoa. É isso mesmo que as mães fazem, está dizendo com seus botões, e é normal dar tudo aos filhos. Arruinei meus irmãos. Fui eu, dom Salvatore, fui eu que impedi que tivessem a vida que sonharam. Fui eu que os obriguei a ir embora da América, onde teriam feito fortuna. Fui eu que os trouxe de volta para essas terras do Sul que não nos dão nada. Não tinha o direito de esquecer essa dívida. Nem mesmo em nome de meus filhos.

Domenico, Giuseppe e Raffaele. Amei esses homens. Sou uma irmã, dom Salvatore. Mas uma irmã que representou apenas, para seus irmãos, o rosto feio da má sorte.

VII

Tarantela

VII

Tarancón

Lentamente, Carmela foi se afastando da tabacaria. De início, passou a vir à loja com menos freqüência; depois, não veio mais. Elia a substituiu. Abria. Fechava. Fazia as contas. Passava os dias inteiros atrás do balcão onde a mãe, antes dele, tinha gastado a vida. Entediava-se como os cães nos dias muito quentes, mas o que fazer? Donato se recusava categoricamente a passar um dia que fosse na loja. Aceitou trabalhar para a tabacaria com uma única condição — inegociável: que pudesse continuar seu vaivém de contrabandista. O estabelecimento que por tanto tempo fora o centro daquela família agora tinha virado uma batata quente nas mãos dos que deviam levá-lo adiante. Ninguém queria assumi-lo. Elia decidiu ocupar o lugar atrás do balcão simplesmente porque não tinha nada melhor para fazer. Toda manhã, xingava a si mesmo por não prestar para outra coisa.

Depois de algum tempo levando essa vida, foi ficando estranho. Vivia desligado, se enfurecia facilmente, e ficava fitando o horizonte com olhar sombrio. Parecia vender os maços de cigarro durante o dia todo sem nem mesmo se dar conta do que fazia. Certa feita, Donato aproveitou um instante em que estavam sozinhos para perguntar:

— O que está havendo, mano?

Elia o fitou espantado, deu de ombros e fez um muxoxo, dizendo:

— Nada.

Estava tão convicto de que nada em seu comportamento deixava transparecer seus problemas que a pergunta do irmão o deixou atônito. O que será que tinha dito, ou feito, que pudesse ter dado a entender a Donato que estivesse acontecendo alguma coisa? Nada. Absolutamente nada. Não tinha dito nada. Não tinha feito nada que não fizesse normalmente. Vender aqueles malditos cigarros. Passar o dia inteiro atrás daquele balcão desgraçado. Atender os diabos dos fregueses. Tinha horror daquela vida. Sentia-se às portas de uma crise. Como o assassino na véspera do crime. Mas reprimiu bem no fundo do coração a raiva e a vontade de morder, escondendo-as de todos como um conspirador, e, quando Donato veio lhe perguntar simplesmente "O que está acontecendo, irmão?", olhando-o bem nos olhos, teve a sensação de ter sido desmascarado e ficado nu. O que o deixava ainda mais furioso.

Na verdade, Elia estava apaixonado por Maria Carminella. Uma moça de família rica, proprietária do grande hotel Tramontana — o mais bonito de Montepuccio. O pai de Maria era médico. Dividia-se entre o consultório e a administração do hotel. Bastava Elia passar diante da alta fachada do hotel quatro estrelas para ficar angustiado. Maldizia a imensa piscina, as bandeiras tremulando ao vento, o grande restaurante com vista para o mar e aquele trecho de praia pontilhado de transatlânticos em vermelho e dourado. Maldizia todo aquele luxo, pois sabia que era uma barreira intransponível entre Maria e ele. Ninguém ignorava que não passava de um matuto. O fato de possuir a tabacaria não alterava nada. A questão não era dinheiro, e sim patrimônio. O que poderia oferecer à filha do médico? Pedir-lhe que viesse suar junto com ele, nas noites de verão, quando a tabacaria ficava sempre cheia? Tudo aquilo era ridículo e, desde já, fadado ao fracasso. Pensou nisso milhares de vezes em suas noites de insônia. Milhares de vezes, chegou à mesma conclusão: era melhor esquecer Maria ou iria se expor a uma humilhação previsível. Mas, qual o quê? Apesar de toda essa conversa, apesar de todos esses argumentos indiscutíveis, não conseguia esquecer a filha do médico.

Afinal, um dia, armou-se de toda coragem e foi procurar o velho Gaetano Carminella. Antes, perguntou-lhe se podia ir vê-lo no final da manhã e o médico respondeu gentilmente, com sua voz pausada, que seria um prazer e que estaria esperando por ele no terraço do hotel. Nessa hora, os turistas já tinham ido para a praia. O velho Gaetano e Elia estavam a sós, ambos trajando camisas brancas. O médico mandou trazerem dois Campari, mas Elia, absorto demais pelo que viera fazer ali, nem tocou na bebida. Depois da costumeira troca de cumprimentos, quando o velho Gaetano já começava a se perguntar o que estaria querendo aquele homem que não dizia nada — e que não teria se deslocado até aqui para lhe perguntar como ia a família —, Elia decidiu falar. Tinha preparado e refeito seu discurso milhares de vezes, pesando cada palavra, pensando em cada frase, mas o que saiu não tinha nada a ver com o que tanto ensaiara. Seus olhos brilhavam. Ele parecia um assassino que confessa um crime e vai se deixando invadir, à medida que fala, pela doce embriaguez da confissão.

— Dom Gaetano — disse ele —, não vou mentir e quero ir direto ao assunto. Não tenho nada. Tudo o que possuo é aquela maldita tabacaria que é mais uma cruz que uma tábua de salvação. Sou pobre. E a danada da loja só piora minha pobreza. Pouca gente consegue compreender isso. Mas o senhor pode, dom Gaetano. Tenho certeza. Pois o senhor é um homem instruído. A tabacaria é a pior das desgraças. E é tudo o que tenho. Quando venho até aqui e olho para o hotel, quando passo diante de sua casa na parte antiga do vilarejo, digo a mim mesmo que é muita bondade sua aceitar me ouvir. E, no entanto, dom Gaetano, no entanto, quero sua filha. Ela está entranhada em mim. Tentei ponderar comigo mesmo, pode acreditar. Conheço todos os motivos que o senhor pode alegar para recusar meu pedido. E todos têm fundamento. Eu mesmo os repeti várias vezes. Mas não teve jeito, dom Gaetano. Sua filha está entranhada em mim. E, se o senhor não concordar, nascerá de tudo isso algo de bem ruim que nos destruirá a todos, tanto os Carminella quanto os Scorta. Porque estou louco, dom Gaetano. O senhor está me entendendo? Estou louco.

O velho médico era um homem prudente. Compreendeu que as últimas palavras de Elia não eram uma ameaça, mas pura e simplesmente uma constatação. Elia estava louco. As mulheres têm esse poder. E era melhor não o provocar. O homem de barba branca bem aparada e olhinhos azuis não se apressou em responder. Queria mostrar, com isso, que estava pensando no pedido de Elia e levando seus argumentos em consideração. Depois, com a voz grave de figura eminente, falou do respeito que tinha pela família Scorta — uma família corajosa que tinha se feito à custa de muito trabalho. Acrescentou, porém, que, enquanto pai, tinha de pensar apenas nos interesses dos seus. Esta era sua única preocupação. Zelar pelo bem de sua filha e de sua família. Pensaria no assunto e daria uma resposta o mais breve possível.

Saindo de lá, Elia se dirigiu à tabacaria. Tinha a cabeça vazia. Aquela confissão não lhe trouxera nenhum alívio. Simplesmente, estava exausto. O que não sabia era que, enquanto caminhava, cabisbaixo e com as sobrancelhas franzidas, o hotel Tramontana tinha sido tomado por uma tremenda agitação. Mal acabou a conversa dos dois, as mulheres da casa, sentindo no ar um cheiro de história amorosa, tinham insistido para que o velho Gaetano revelasse os motivos da visita de Elia, e o homem, pressionado por todo lado, acabou cedendo. Contou tudo. De imediato, uma tempestade de gritos e risos se abateu sobre a casa. A mãe e as irmãs de Maria comentavam as qualidades e os defeitos daquela candidatura surpreendente. O velho médico foi obrigado a repetir milhares de vezes o discurso de Elia, palavra por palavra. "Estou louco." "Ele disse assim mesmo, 'Estou louco'? Disse", confirmava Gaetano. "Até repetiu." Era o primeiro pedido de casamento que acontecia na família Carminella. Maria era a mais velha e ninguém imaginara que isso fosse acontecer tão cedo. Enquanto a família pedia ao médico que contasse a conversa com Elia pela enésima vez, Maria desapareceu. Era a única que não estava rindo. Seu rosto ficou vermelho como se tivessem lhe dado uma bofetada. Saiu do hotel e foi correndo atrás de Elia. Alcançou-o um pouco antes de ele entrar na loja. O rapaz ficou tão espantado quando a viu assim, sozinha, procurando por ele, que ficou de boca aberta e nem a cumprimentou. Quando estava a uns poucos metros de distância, ela lhe disse:

— Então é assim? Você aparece na minha casa e pede minha mão a meu pai. — Ela parecia um animal enfurecido. — É assim que aquela sua família antiquada faz? A mim ninguém pergunta nada? Tenho certeza de que isso nem passou pela sua cabeça. E você ainda diz que vai acontecer uma desgraça se eu não for sua. O que é que você tem a me oferecer? Diante de meu pai, se lamenta por não ser rico o bastante. Fala de hotéis. De casas. É isso que você me daria se tivesse dinheiro? Hein? Uma casa? Um carro? Responda, seu idiota, é isso?

Elia estava atordoado. Não entendia absolutamente nada. A moça gritava cada vez mais alto. Então, ele balbuciou:

— É. Isso mesmo.

— Então, pode ficar tranqüilo — respondeu Maria com um sorriso de desprezo nos lábios, o que fazia dela a mais linda e mais orgulhosa de todas as moças da região do Gargano. — Pode ficar tranqüilo porque, nem que você fosse o dono do *palazzo* Cortuno, teria o que quer que fosse. Sou mais cara que isso. Um hotel, uma casa, um carro, derrubo tudo isso com a mão. Está me entendendo? Sou mais cara. Será que você consegue entender, seu matuto miserável? Muito mais cara. Quero tudo. Menos que isso não me interessa.

Mal acabou de dizer essas palavras, deu meia-volta e desapareceu, deixando Elia completamente atônito. Naquele instante, percebeu que Maria Carminella ia se tornar, para ele, uma verdadeira obsessão.

A MISSA TINHA ACABADO E OS ÚLTIMOS PAROQUIANOS vinham saindo em grupinhos irregulares. Elia estava esperando no átrio da igreja, com os olhos tristes e os braços caídos ao lado do corpo. Assim que o viu, o vigário lhe perguntou se estava tudo bem e, como Elia não respondeu, convidou-o para irem beber alguma coisa. Sentaram-se e dom Salvatore indagou, num tom que exigia resposta:

— O que está acontecendo?
— Não agüento mais, dom Salvatore — respondeu Elia. — Estou ficando louco. Quero... Sei lá. Fazer alguma coisa diferente. Começar uma nova vida. Ir embora daqui. Abandonar de vez essa maldita tabacaria.
— E o que o impede de fazer isso? — perguntou o padre.
— A liberdade, dom Salvatore. A gente tem de ser rico para ser livre — respondeu Elia, espantado ao ver que o vigário não entendia.
— Pare de choramingar, Elia. Se quer mesmo ir embora de Montepuccio e se lançar em sabe-se lá que atividade, basta vender a tabacaria. Você bem sabe que pode conseguir um bom preço por ela.

— Seria como matar minha mãe...
— Não meta sua mãe nessa história. Se está querendo ir embora, venda a loja. Se não quiser vender, pare de se lamentar.

O vigário disse o que pensava com aquele tom de que a gente do lugar tanto gostava. Era direto, duro e não poupava ninguém.

Elia percebeu que não poderia levar a conversa adiante sem tocar no verdadeiro problema, no motivo que o fazia maldizer os céus: Maria Carminella. Mas não queria falar disso. Principalmente com dom Salvatore. O padre interrompeu seus pensamentos.

— Só no último dia de vida podemos dizer se fomos felizes — disse ele. — Antes disso, precisamos tentar conduzir nosso barco da melhor maneira possível. Siga seu caminho, Elia. E pronto.

— Que não leva a lugar nenhum — murmurou o rapaz que só fazia pensar em Maria.

— Isso é outra história. É uma outra história e, se você não der um jeito nisso, será o único culpado.

— Culpado de quê? Maldito, isso sim!

— Culpado — repetiu dom Salvatore — de não ter levado sua vida ao lugar mais alto que ela poderia atingir. Esqueça a sorte. Esqueça o destino. E esforce-se, Elia. Esforce-se. Até o fim. Porque, até agora, você não fez absolutamente nada.

Dizendo isso, o velho vigário deixou Elia e desapareceu, não sem antes lhe dar um tapinha no ombro com aquela mão enrugada de camponês da Calábria. Elia ficou pensando naquilo tudo. O vigário tinha razão. Até agora, não tinha feito nada. Nada. Sua primeira atitude de homem tinha sido ir procurar Gaetano para pedir a mão de Maria, mas, mesmo então, estava de cabeça baixa, vencido por antecipação. O padre estava certo. Não tinha feito nada. E já era hora de se esforçar. Estava só, na varanda do Da Pizzone. Mecanicamente, mexia o café com a colherinha e, a cada volta, murmurava, como que hipnotizado: "Maria, Maria, Maria..."

Depois da conversa com dom Salvatore, Elia decidiu tentar a sorte novamente. De todo modo, não tinha escolha. Não dormia mais. Não falava mais. Desse jeito, no máximo em um mês estaria completamente louco e se jogaria, do alto das falésias de Montepuccio, no mar que não devolve os corpos. Não sabia como poderia ficar a sós com Maria. Não podia abordá-la na praia, nem no café. Ela estava sempre cercada de gente. Fez, então, o que fazem os assassinos ou os desesperados: seguiu-a um dia, quando ela voltava das compras. E, assim que ela penetrou numa das ruelas da parte antiga da cidade, onde só havia alguns gatos cochilando, aproximou-se como uma sombra, segurou-a pelo braço e lhe disse, com os olhos agitados como se estivesse com febre:

— Maria...

— O que você quer? — atalhou ela sem nem mesmo se assustar; como se tivesse pressentido a presença dele às suas costas.

O tom seco o fez perder as esperanças. Olhou para o chão e, depois, ergueu os olhos para ela. Maria era de uma beleza estonteante. Sentiu que enrubescia, o que o deixou furioso. Ela estava tão perto... Poderia tocá-la. Abraçá-la. Mas seu olhar o condenava a enrubescer e a gaguejar. "Vamos lá", disse consigo mesmo. "Faça um esforço. Você tem de dizer tudo. E azar se ela debochar e começar a rir junto com os gatos."

— Maria. Hoje estou falando com você, e não com seu pai. Você tem razão. Fui um imbecil. Você me disse que queria tudo. Lembra? "Menos que isso não me interessa." Foi o que você disse. Pois bem, vim dizer que é tudo seu. Quero lhe dar tudo. Até o meu último centavo. E ainda vai ser pouco. Outros podem lhe dar muito mais, porque não sou o mais rico, mas ninguém vai estar disposto, como eu, a lhe dar tudo o que possui. Não fico com nada. Pode ficar com tudo.

Falou num tom inflamado e, agora, seus olhos riam, um riso doentio que o enfeava. Maria estava impassível. O rosto imóvel. Olhava para Elia e era como se o seu olhar o deixasse nu.

— Logo se vê que você é de uma família de comerciantes — disse ela com um sorriso de desprezo. — Dinheiro. É só o que você sabe oferecer. Será que pareço um maço de cigarros, para você querer me comprar assim? Está pretendendo comprar uma mulher. Só as putas e as milanesas podem ser compradas com ouro e jóias. Mas é só isso que você sabe fazer. Comprar. Ande, deixe-me passar. Vá procurar uma mulher no mercado de gado; dê o lance que quiser. Seja como for, sou cara demais para você.

Dizendo isso, retomou o caminho de casa. Com um gesto brusco, impensado, Elia a agarrou pelo braço. Estava lívido. Seus lábios tremiam. Nem ele mesmo sabia porque tinha feito isso. Mas continuou segurando com força. Duas idéias se chocavam em sua mente. Uma delas lhe dizia que precisava soltá-la imediatamente. Que tudo aquilo era ridículo. Soltá-la e pedir desculpas. Mas a outra, mais velada, fazia com que continuasse segurando o braço da moça com raiva. "Poderia violentá-la", disse ele com seus botões. "Aqui mesmo, nessa rua. Agora. Violentá-la. E pouco importa o que acontecesse depois. Ela está tão pertinho... Esse braço. Aqui. Que se debate, mas não é tão forte assim. Poderia tomá-la à força. Pelo menos seria um jeito de tê-la, já que ela nunca vai querer se casar..."

— Me largue!

Aquela ordem estalou em seus ouvidos. Soltou-a imediatamente. E, antes mesmo que pudesse se recompor, que pudesse sorrir ou pedir perdão, a moça já tinha desaparecido. A voz dela soou tão firme, tão autoritária, que ele obedeceu sem pensar. Os olhos de ambos tinham se cruzado uma última vez. Os de Elia estavam vazios, como os de um drogado ou de um insone. Se estivesse em condições, poderia ter lido no olhar de Maria uma espécie de sorriso que desmentia a frieza de sua voz. Surgira naquele olhar uma certa volúpia, como se o contato da mão de Elia em seu braço tivesse podido tocá-la muito mais que qualquer palavra. Mas Elia não viu nada disso. Ficou parado na ruela, sem forças. Arrasado pelo rumo que tinha tomado aquela conversa com a qual tanto sonhara.

Quando ele entrou igreja adentro, dom Salvatore estava fumando um cigarro, coisa que só fazia muito raramente, mas sempre com imenso prazer. Lembrava-se, assim, da vida que levava na Calábria, antes de ir para o seminário, quando os amigos e ele tragavam, aos doze anos, os cigarros que conseguiam surrupiar.

— O que aconteceu? — perguntou o vigário, assustado ao ver a cara do rapaz.

— Estou acabado — respondeu Elia, e, perdendo qualquer pudor, pôs-se a falar com alguém, pela primeira vez, de seu amor. Contou tudo. As noites em claro pensando só nisso. A obsessão. O pânico que sentia diante dela. O padre ouviu por algum tempo e, quando lhe pareceu que já sabia o bastante, ergueu a mão para deter Elia e lhe disse:

— Ouça, Elia. Posso ajudar quanto aos mortos, porque conheço as orações. Posso ajudar quanto à educação das crianças, pois criei minhas sobrinhas quando meu irmão morreu. Mas, quanto às mulheres, não há o que eu possa fazer.

— Mas, e então? — perguntou Elia desamparado.

— Então, sou calabrês — prosseguiu dom Salvatore — e, na Calábria, quando alguém está sofrendo por amor, dança a tarantela. Sempre dá resultado. Feliz ou trágico.

Não contente em aconselhar a Elia a tarantela, dom Salvatore também lhe indicou o nome de uma senhora, na parte antiga da cidade, uma calabresa que poderia ajudá-lo se ele batesse à sua porta à meia-noite, com um garrafão de azeite na mão.

Foi exatamente o que ele fez. Uma noite, bateu à porta da casa. Demorou muitíssimo até que alguém viesse abrir. Uma velha pequenina, com cara de maçã murcha, apareceu à sua frente. Tinha uns olhos penetrantes. Os lábios moles. Elia se deu conta de que nunca a vira no vilarejo. Ela disse algumas palavras que ele não entendeu. Não era nem italiano, nem montepucciano. Talvez um dialeto calabrês. Sem saber o que dizer, Elia lhe estendeu o garrafão de azeite. O rosto da velha se iluminou. Com voz bem aguda, ela lhe disse: "Tarantela?" — como se já ficasse radiante só de pronunciar essa palavra — , e abriu a porta.

A casa tinha um único cômodo — como todas as de antigamente. Um colchão. Um fogareiro. Um balde para fazer as necessidades. O chão de terra batida. Parecia a casa de Raffaele, perto do porto, onde os Scorta moraram quando voltaram de Nova York. Sem dizer uma palavra, a velha pôs uma garrafa de licor na mesa, fez um sinal a Elia para que se servisse e saiu da casa. Elia obedeceu. Sentou-se à mesa e pegou um copo da bebida. Pensou que era uma *grappa* ou um *limoncino*, mas o gosto daquele licor não tinha nada a ver com as bebidas que conhecia. Tomou o primeiro copo e se serviu mais um pouco, na esperança de conseguir identificar a bebida que descia por sua garganta como se fosse lava. Tinha gosto de pedra. "Se os rochedos do Sul tivessem gosto, seria este", disse o rapaz consigo mesmo ao tomar o terceiro copo. Será que era possível espremer as pedras das colinas até conseguir um líquido como aquele? Elia se entregou ao espesso calor da bebida. Não pensava em mais nada. Foi então que a porta se abriu e a velhinha apareceu, acompanhada por um cego ainda mais velho que ela. Era mais um que Elia nunca tinha visto. O homem era seco e magro. Tão miúdo quanto a mulher. Foi para um canto da casa e pegou um tamborim. Então, os dois começaram a cantar velhas tarantelas da terra do sol. Elia se deixou impregnar por aquelas cantigas milenares que falavam da loucura dos homens e das artimanhas das mulheres. A voz da velhinha tinha se metamorfoseado. Agora, era uma voz de virgem, nasalada e bem aguda, capaz de fazer as paredes estremecerem. O velho batia com o pé no chão e seus dedos martelavam o tamborim. Também ele cantava, acompanhando a cantoria da velha. Elia voltou a se servir do licor. Parecia que o gosto da bebida tinha mudado. Não era mais pedra que tinha sido espremida, talvez lampejos de sol. O *solleone*, o "sol-leão", o astro tirano dos meses de verão. O licor tinha cheiro do suor que poreja nas costas dos homens que estão trabalhando nos campos. Tinha cheiro do coração rápido do lagarto que bate de encontro à rocha. Tinha cheiro da terra que se abre e racha, implorando por um pouco de água. O *solleone* e seu poder de soberano inflexível: era isso que tinha na boca.

Agora, a velha miudinha estava no meio do aposento, e tinha começado a dançar. Convidou Elia a ir se juntar a ela. Ele tomou o quinto copo de licor e se levantou. Ao ritmo dos cantos, puseram-se a dançar a dança da tarântula. A música enchia todo o crânio de Elia. Ele tinha a impressão de que havia uns dez músicos na casa. As cantigas subiam e desciam por todo o seu corpo. E ele entendia o seu sentido profundo. Sentia a cabeça rodar. O suor lhe escorria pelas costas. Parecia que estava deixando a vida inteira escorrer sob seus pés. A velha, que ainda agora tinha um ar tão lento e cansado, dava pulos ao seu redor. Estava em toda parte. Girava à sua volta, sem jamais deixar de fitá-lo. Sorria para ele com sua feiúra de fruto estragado. Elia estava entendendo. Estava, sim. Agora entendia tudo. Seu sangue se aquecia. Aquela velha, rindo com a boca desdentada, era a própria face do destino que tantas vezes debochara dele. Ali estava ele, com toda a sua febre e todo o seu furor. Fechou os olhos. Já não acompanhava mais os movimentos da velha; estava dançando. A música, repetitiva e obsedante, o deixava absolutamente feliz. Naqueles lamentos tão antigos estava a única verdade que jamais ouvira. A tarantela se apossou inteiramente dele, como se apossa das almas perdidas. Agora, sentia-se forte como um gigante. Tinha o mundo ao alcance das mãos. Era Vulcano na sua caverna escaldante. Cada passo seu levantava fagulhas. De repente, ouviu uma voz vir subindo em seu corpo. Era a velha. A não ser que fosse a própria música. Ou o licor. E dizia sempre a mesma coisa, repetindo, ao ritmo sincopado da música:

—Vá, homem, vá. A tarantela está com você. Vá e faça o que tem a fazer.

Elia se virou para a porta. Ficou espantado ao ver que estava aberta. Nem pensou em se voltar para onde estavam os dois velhos. A música estava dentro dele. E ressoava com toda a força das procissões ancestrais.

Saiu de lá e foi andando pelas ruelas do vilarejo, como um possuído. Eram quatro horas da manhã e até os morcegos estavam dormindo.

Sem ter efetivamente decidido fazer isso, viu-se no corso, diante da tabacaria. Seu sangue pegava fogo. Estava suando em bicas. Sentia a cabeça rodar e a voz da velha vinha fazer cócegas em seus ouvidos. Levado pela tarantela que lhe mordia o coração e lhe sugava o sangue, entrou na loja, foi direto ao depósito e tocou fogo num caixote de cigarros. Depois, sem dar bola para as chamas que começavam a se espalhar, saiu da tabacaria e se instalou do outro lado da calçada para apreciar o espetáculo. O fogo se alastrou depressa. Do depósito saía uma fumaça espessa. As chamas não tardaram a atingir o balcão. De onde Elia estava, tinha-se, a princípio, a impressão de que haviam acendido as luzes. Depois, essa luz ficou mais alaranjada e surgiram as chamas, lambendo as paredes e dançando vitoriosas. Elia gritou como um louco e começou a rir. Estava impregnado do espírito dos Mascalzone, e riu aquele riso de destruição e ódio que sua família ia passando de geração em geração. Sim. Que tudo pegasse fogo. Que diabos! Os cigarros e o dinheiro. Sua vida e sua alma. Tudo podia pegar fogo. Ria às gargalhadas e dançava à luz do incêndio, no ritmo enlouquecido da tarantela.

O ruído e o cheiro do incêndio não tardaram a acordar os vizinhos, que correram para a rua. Os homens fizeram perguntas a Elia, mas, como este não respondia e continuava com o olhar vazio de um louco ou de um abobalhado, concluíram que se tratava de um acidente. Como poderiam imaginar que o próprio Elia tinha posto fogo na tabacaria? Organizaram-se e saíram em busca de extintores. Uma multidão cerrada se comprimia na rua. Foi então que Carmela apareceu, com o rosto lívido e os cabelos em desalinho. Estava desnorteada e não conseguia tirar os olhos das chamas. Ao ver a pobre mulher cambaleando na calçada, todos compreenderam que não era apenas uma loja que estava pegando fogo: era uma vida e a herança de toda uma linhagem. Os rostos estavam tristes como nas ocasiões de grandes catástrofes. Ao cabo de algum tempo, vizinhos caridosos levaram Carmela para casa tentando poupá-la do lamentável espetáculo do incêndio. De que adiantava ela ficar ali? Era uma tortura inútil.

Diante da visão da mãe, Elia ficou sóbrio de imediato. A euforia deu lugar a uma profunda tristeza. Dirigia-se à multidão, indagando a todos:

— Estão sentindo? Estão sentindo o cheiro da fumaça? É o cheiro do suor de minha mãe. Não estão sentindo? O suor dos irmãos dela também.

Os moradores de Montepuccio acabaram conseguindo dominar as chamas. O incêndio não atingiu as casas vizinhas, mas da tabacaria não restava mais nada. Elia estava arrasado. O espetáculo não tinha mais a beleza hipnotizadora das chamas. Aquilo agora era feio e consternador. As pedras fumegavam, e era uma fumaça preta e sufocante. Ele se sentou na calçada. A tarantela tinha se calado. Já não ria. Fitava as colunas de fumaça, com o olhar esgazeado.

Os montepuccianos estavam começando a se dispersar em pequenos grupos quando Maria Carminella apareceu. Usava um penhoar branco. Os cabelos negros, soltos, lhe caíam nos ombros. Elia a viu chegar como um fantasma. Ela foi direto até onde ele estava. O rapaz ainda teve forças para se levantar. Não sabia o que dizer. Apenas apontou para a tabacaria que tinha virado fumaça. Ela lhe sorriu como nunca havia feito antes, e murmurou:

— O que aconteceu?

Elia não respondeu.

— Está tudo destruído? — insistiu ela.

— Está.

— O que você tem a oferecer agora?

— Nada.

— Está ótimo — prosseguiu Maria. — Se você me quiser, sou sua.

Os dias que se seguiram ao incêndio foram de suor e trabalho. Era preciso retirar os escombros, limpar o local, salvar o que pudesse ser salvo. Trabalho ingrato como esse desanimaria o mais decidido dos homens. Era desesperador. As paredes negras, os pedaços de reboco pelo chão, as caixas de cigarros destruídas pelo fogo, tudo isso dava à loja o aspecto de uma cidade devastada depois de uma batalha. Elia, porém, enfrentou essa provação com obstinação, aparentemente sem se afetar. A verdade é que o amor de Maria superava tudo. O rapaz só pensava nisso. O estado da tabacaria era secundário. Tinha, a seu lado, a mulher que tanto desejava, e o resto não tinha importância.

Maria fez exatamente o que prometeu. Veio para a casa de Elia. No dia seguinte ao incêndio, enquanto tomavam um café, ele declarou:

— Não dormi nada essa noite, Maria. E não era o incêndio que me obsedava. Vamos nos casar. E você sabe tão bem quanto eu que seu pai tem mais dinheiro do que jamais conseguirei ter. Sabe o que vão dizer? Que casei com você por causa do dinheiro de seu pai.

— Não ligo a mínima para o que possam dizer — respondeu Maria com toda calma.

— Eu também não. Mas é de mim mesmo que estou com mais medo.

Maria ergueu os olhos para o seu homem, intrigada. Não estava entendendo aonde ele queria chegar.

— Sei no que isso vai dar — prosseguiu ele. — Caso com você. Seu pai me propõe a gerência do hotel Tramontana. Aceito. E passo as tardes de verão jogando cartas com amigos à beira da piscina. Isso não é para mim. Os Scorta não foram feitos para isso.

—Você não é um Scorta.

— Sou sim, Maria. Mais Scorta que Manuzio. Sinto isso. É assim. Minha mãe me transmitiu o sangue negro dos Mascalzone. Sou um Scorta. Que toca fogo naquilo que ama. E você vai ver que ainda acabo botando fogo no hotel Tramontana se ele vier a ser meu.

— Foi você que tocou fogo na tabacaria?

— Fui.

Maria ficou calada por um instante. Depois, voltou a falar, com brandura:

— Para que são feitos os Scorta?

— Para o suor — respondeu Elia.

Passou-se um momento, longo. Maria estava pensando no que aquilo tudo significava. Era como se deixasse desfilar à sua frente os anos que estavam por vir. Abarcava mentalmente com os olhos a vida que Elia estava lhe propondo e, depois, sorriu para ele com doçura e, com um ar orgulhoso e altivo, respondeu:

— Que seja, então.

Elia estava sério. Insistiu, como para ter a certeza de que sua mulher tinha entendido.

— Não vamos pedir nada. Não vamos aceitar nada. Seremos só nós dois. Você e eu. Não tenho nada a oferecer. Sou um zero à esquerda.

— A primeira coisa a fazer — disse ela — é limpar a loja para que ao menos possamos guardar ali as caixas de cigarros.
— Não — disse Elia sorrindo, com toda calma. — A primeira coisa a fazer é nos casarmos.

O casamento se realizou algumas semanas mais tarde. Dom Salvatore abençoou a união. Depois, Elia chamou todos os convidados para um grande banquete no *trabucco*. Michele, filho de Raffaele, tinha posto uma mesa enorme entre as redes e as polias. A família estava toda reunida. Foi uma festa simples e alegre. A comida era abundante. No final do almoço, Donato se levantou, calmo e sorridente, pediu silêncio e começou a falar:

— Meu irmão — disse ele —, você se casou hoje. Estou aqui olhando para você nesse terno. Vejo você se inclinar no pescoço de sua mulher para sussurrar alguma coisa. Vejo você erguer um brinde à saúde dos convidados e o acho muito bonito. É a beleza simples da alegria. Queria pedir à vida que os deixasse continuar exatamente como estão agora, intactos, jovens, cheios de desejos e de força. Que passassem pelos anos sem mudar. Que, para vocês, a vida não tivesse nenhuma das caretas que conhece tão bem. Fico olhando para vocês hoje. Contemplo a ambos com sede. E, quando os tempos ficarem difíceis, quando estiver chorando por meu destino, xingando a vida de cadela, vou me lembrar desses instantes, dos rostos de vocês dois iluminados pela alegria, e direi a mim mesmo: "Não xingue a vida, não maldiga o destino, lembre-se de Elia e Maria que foram felizes, ao menos por um dia na vida, e, naquele dia, você estava ao lado deles."

Elia abraçou o irmão emocionado. Naquele instante, suas primas Lucrezia e Nicoletta cantaram uma canção da Puglia e todas as mulheres acompanharam em coro o seu refrão: *"Ai, ai, ai. Domani non mi importa per niente. Questa notte devi morire com me."* "Pouco importa o amanhã. Esta noite deves morrer comigo." E todos riram. Os Scorta deixaram que as horas felizes os impregnassem e a noite seguiu assim, em meio à alegria do vinho fresco do verão.

Nos meses seguintes, ocorreu um estranho fenômeno em Montepuccio. Desde 1950, a cidade tinha duas tabacarias: a dos Scorta e uma outra. As duas famílias se davam bem. Havia trabalho para todos e o espírito de concorrência jamais os levou a se enfrentar. O mesmo não se podia dizer dos inúmeros pontos de venda abertos nos *campings*, hotéis, residências e boates. Vendiam-se oficialmente alguns maços, para quebrar o galho dos clientes, mas, em certos casos, tratava-se de verdadeiros comércios irregulares.

Elia e Maria não tinham dinheiro suficiente para fazer as obras necessárias e poder reabrir a loja. Durante algum tempo, venderam cigarros como ambulantes ilegais.

O mais estranho foi que a cidade se recusou a ir comprar cigarros em outro lugar. Aos domingos, os turistas observavam espantados aquela longa fila diante do local mais sujo e asqueroso do corso. Não havia ali nem letreiro, nem balcão, nem caixa registradora. Quatro paredes. Duas cadeiras e, no chão, as caixas de cigarros onde Elia enfiava o braço. Nas noites de verão, ele vendia cigarros na calçada enquanto Maria lavava as paredes da loja. E, no entanto, os montepuccianos faziam fila à sua porta. Mesmo quando Elia lhes dizia que não tinha sua marca preferida (já que não podiam comprar grande quantidade, concentravam-se em algumas marcas), as pessoas chegavam ao ponto de rir e dizer: "Levo o que tiver!", tirando a carteira do bolso.

A mão de dom Salvatore estava por trás daquele arroubo de solidariedade. Foi ele que, dia após dia, durante a missa, exortou os paroquianos a se ajudarem mutuamente. O resultado ultrapassou em muito suas expectativas.

Com profunda alegria, constatou que seus apelos à fraternidade tinham sido ouvidos e, certo dia, quando passava diante da loja e viu um letreiro novamente pendurado sobre a porta, exclamou:

— Talvez nem todas essas mulas teimosas tenham que ir para o inferno.

Efetivamente, naquele dia o letreiro luminoso tinha chegado de Foggia. Nele estava escrito: *Tabaccheria Scorta Mascalzone Rivendita nº 1*. Para quem não prestasse muita atenção, o novo letreiro poderia parecer idêntico ao anterior. Aquele que Carmela, Domenico, Giuseppe e Raffaele penduraram com tanto orgulho quando eram jovens. Mas Elia sabia que era muito diferente. E que havia um novo pacto entre ele e a tabacaria. E os montepuccianos que agora contemplavam orgulhosos a fachada da loja também sabiam disso, e estavam conscientes de ter participado daquele renascimento inesperado.

Tinha ocorrido uma profunda transformação na mente de Elia. Pela primeira vez, trabalhava feliz. Nunca as condições haviam sido tão duras. Mas alguma coisa tinha mudado. Não era algo herdado, e sim construído. Não estava mais administrando um bem que a mãe lhe legara, mas lutando com todas as suas forças para dar um pouco de conforto e felicidade à sua mulher. Encontrava agora, na tabacaria, a mesma felicidade que sua mãe sentira trabalhando ali. Hoje podia entender a obsessão e a loucura com que ela se referia à sua loja. Tudo estava por fazer. E, para dar conta disso, tinha de se esforçar. Isso mesmo. Sua vida nunca lhe parecera tão densa e preciosa.

MUITAS VEZES FICO PENSANDO NA VIDA, dom Salvatore. Qual o sentido disso tudo? Levei anos construindo a tabacaria. Dia e noite. E, finalmente, quando estava pronta, quando podia passá-la para meus filhos com tranqüilidade, ela foi destruída. Lembra do incêndio? Queimou tudo. Chorei de raiva. Todo o meu esforço, todas as minhas noites de trabalho acumuladas. Um simples acidente e tudo virou fumaça. Achei que não ia sobreviver àquilo. Sei que toda a cidade pensava assim também. A velha Carmela não vai sobreviver à morte de sua tabacaria. E, no entanto, sobrevivi. É, agüentei firme. Elia resolveu reconstruir tudo. Com paciência. Tudo bem. Não era mais exatamente a minha tabacaria, mas tudo bem. Meus filhos. Fiquei muito ligada a eles. Mas, também aí, tudo foi por água abaixo. Donato desapareceu. Todo dia xingo o mar que o tirou de mim. Donato. Qual o sentido disso tudo? Essas vidas construídas lentamente, pacientemente, com vontade e abnegação; essas vidas eliminadas por um pé-de-vento da infelicidade; essas promessas de alegria com que sonhamos e que se despedaçam. O senhor sabe o que é mais espantoso nisso tudo, dom

Salvatore? Vou lhe dizer. É que nem o incêndio, nem o desaparecimento de Donato acabaram comigo. Qualquer mãe teria ficado louca. Ou teria se deixado morrer. Não sei do que sou feita. Sou dura. Agüentei. Sem querer. Sem pensar. É mais forte que eu. Algo em mim se agarra firme e agüenta. É. Sou dura.

Foi depois do enterro de Giuseppe que comecei a me calar. Ficava em silêncio horas inteiras, e, depois, dias. O senhor sabe disso; nessa época, já estava entre nós. No princípio, todo o vilarejo comentava esse novo mutismo. Faziam especulações. Depois, acostumaram com ele. E, em pouco tempo, todos vocês tinham a impressão de que Carmela Scorta nunca tinha falado. Eu me sentia longe de todo mundo. Não tinha mais força. Tudo me parecia inútil. A cidade pensou que Carmela não era nada sem os Scorta, que preferia se desligar da vida a ter de seguir vivendo sem os irmãos. Estavam enganados, dom Salvatore. Como sempre, aliás. Foi por outro motivo que me calei durante todos esses anos. Uma coisa que nunca contei a ninguém.

Poucos dias depois do enterro de Giuseppe, Raffaele veio me procurar. A temperatura estava bem agradável. Logo percebi que ele tinha um olhar límpido, como se tivesse lavado os olhos com água pura. Uma calma resolução emanava de seu sorriso. Ouvi o que tinha a me dizer. Ele falou por um bom tempo. Sem jamais baixar os olhos. Falou por um bom tempo e lembro de cada uma de suas palavras. Disse que era um Scorta, que tinha aceitado esse nome com orgulho. Mas disse também que se xingava dia e noite. Eu não estava entendendo o que ele queria dizer, mas pressentia que tudo ia desabar. Nem me mexia. Apenas ouvia. Ele tomou fôlego e falou de uma tacada só. Disse que no dia em que enterramos a Muda, tinha chorado duas vezes. A primeira, no cemitério, diante de nós. Chorava pela honra que lhe tínhamos concedido, disse ele, pedindo-lhe que fosse nosso irmão. A segunda foi à noite, na cama. Chorou mordendo o travesseiro para não fazer barulho. Chorou porque, dizendo sim, tornando-se nosso irmão, passava a ser também meu irmão. E não era com isso que sonhava. Depois de dizer isso, fez uma pausa. E lembro de ter rezado para que ele não dissesse mais nada. Não queria ouvir. Queria me levantar e ir embora. Mas ele continuou: "Sempre amei você." Foi o que me disse. Ali. Olhando tranqüilamente dentro dos meus olhos. Mas, naquele dia, ele tinha se tornado meu irmão e jurou a si mesmo que se comportaria como tal. Disse que, graças a isso, experimentou o prazer de passar a vida toda perto de mim. Eu não sabia o que responder. Tudo girava ao meu redor. Ele continuou falando. Dizendo que, certos dias, amaldiçoava-se como a um cão por não ter dito não lá no cemitério. Dizer não a essa história de ser um irmão e, em vez disso, pedir minha mão diante do túmulo de minha mãe. Mas não ousou. Disse sim. Pegou a pá que lhe estendíamos. Tornou-se nosso irmão. "Era tão bom dizer sim a você", acrescentou ele. E disse mais: "Sou um Scorta, Carmela, e não teria condições de dizer se lamento isso ou não."

 Falou sem deixar de olhar para mim. E, quando acabou, senti que esperava que eu também falasse. Fiquei calada. Sentia sua expectativa me cercando. Não estava tremendo. Estava vazia. Não pude dizer nada. Nem uma palavra. Não havia nada dentro de mim. Olhei para ele. Passou um bom tempo. Estávamos frente a frente. Ele entendeu que eu não ia responder. Ficou ali ainda um pouco mais. Tinha esperanças. Depois, levantou-se mansamente e nos separamos. Eu não disse uma palavra e deixei que ele se fosse.

 Foi desde esse dia que me calei. No dia seguinte, voltamos a nos ver e fizemos de conta que nada tinha acontecido. A vida continuou. Mas eu não falava mais. Algo tinha se rompido. O que eu poderia lhe dizer, dom Salvatore? A vida tinha passado. Já éramos velhos. O que poderia responder a ele? As coisas deviam ter sido de outro jeito, dom Salvatore. Fui covarde. As coisas deviam ter sido de outro jeito, mas os anos passaram.

VIII

O mergulho do sol

VII

O mergulho do sol

Quando sentiu que a morte estava próxima, Raffaele convocou o sobrinho. Donato chegou e, por um bom tempo, os dois ficaram calados. O velho não estava sabendo por onde começar. Ficou olhando para Donato que bebia tranqüilamente o Campari que tinha lhe servido. Quase desistiu, mas, finalmente, apesar do medo de ler nos olhos do sobrinho algum sinal de repulsa, ou de raiva, começou a falar:
— Sabe por que sou seu tio, Donato?
— Sei, *zio* — respondeu ele.
— Já lhe contaram como decidimos ser irmãos no dia em que ajudei seus tios Mimi e Peppe a enterrar a Muda?
— Já, *zio* — respondeu Donato.
— E como abandonei meu primeiro sobrenome, que não valia nada, para adotar o dos Scorta?
— Já, *zio*. Já me contaram.
Raffaele fez uma breve pausa. Tinha chegado a hora. Não estava mais com medo. Tinha pressa em aliviar o coração.

— Há um crime que quero confessar.
— Que crime? — perguntou o rapaz.
— Há muitos anos, matei um homem da Igreja. Dom Carlo Bozzoni. Vigário de Montepuccio. Era um homem horrível, mas assassiná-lo foi a minha desgraça.
— E por que fez isso? — perguntou Donato espantadíssimo com a confissão daquele homem que sempre considerara o mais doce de todos os seus tios.
— Não sei — balbuciou Raffaele. — Foi de repente. Eu estava com uma raiva imensa, adormecida. Ela tomou conta de mim.
— Por que estava com tanta raiva?
— Sou um covarde, Donato. Não me olhe assim. Acredite, sou um covarde. Não ousei pedir o que mais desejava. Foi por isso que a raiva ficou ali, acumulada. E foi por isso que explodiu na cara daquele padre imbecil que não valia nada.
— Do que você está falando?
— De sua mãe.
— Minha mãe?
— Nunca ousei lhe pedir que fosse minha mulher.
Donato ficou boquiaberto.
— Por que está me contando isso, *zio*? — perguntou ele.
— Porque vou morrer e tudo isso vai desaparecer comigo. Quero que ao menos uma pessoa saiba o que eu carreguei bem no fundo de mim mesmo a vida inteira.
Raffaele se calou. Donato não sabia o que dizer. Por alguns instantes, perguntou a si mesmo se devia consolar o tio ou se seria melhor dar mostras de algum tipo de censura. Sentia-se vazio e surpreso. Não tinha nada a acrescentar. O tio não estava esperando por uma resposta sua. Falara para que as coisas fossem ditas, e não para ter uma opinião qualquer. Donato pressentiu que aquela conversa ia transformá-lo mais do que podia supor. Levantou-se, um tanto constrangido. O tio o fitou longamente e Donato sentiu que o velho

estava quase se desculpando por ter feito dele seu confidente. Como se preferisse levar consigo todas aquelas velhas histórias. Beijaram-se calorosamente e se despediram.

Raffaele morreu alguns dias depois, em seu *trabucco*, cercado por suas redes, com o barulho do mar debaixo dos pés. Com o coração aliviado. No dia de seu enterro, seu filho Michele e os três sobrinhos, Vittorio, Elia e Donato carregaram o caixão. Carmela estava lá. Com o rosto fechado. Não chorava. Mantinha-se ereta. Quando o caixão ficou à sua frente, levou a mão à boca e depositou um beijo sobre o tampo de madeira — o que fez com que Raffaele sorrisse na morte.

Ao ver passar aquele caixão, todo o vilarejo sentiu como se uma época tivesse chegado ao fim. Não era Raffaele que estava sendo enterrado, eram todos os Scorta Mascalzone. Era o mundo antigo que estavam enterrando. Aquele que conheceu a malária e as duas guerras. Aquele que conheceu a imigração e a miséria. Eram as velhas lembranças que estavam sendo enterradas. Os homens não são nada. E não deixam vestígio algum. Raffaele deixou Montepuccio e, ao vê-lo passar, todos os homens tiraram o chapéu e baixaram a cabeça, conscientes de que também eles não tardariam a desaparecer e que isso não faria as oliveiras chorarem.

A REVELAÇÃO DO TIO ABALOU O UNIVERSO de Donato. Doravante, fitava a vida à sua volta com uma espécie de cansaço no olhar. Tudo lhe parecia falso. A história de sua família se mostrava, agora, como uma pobre sucessão de existências frustradas. Aqueles homens e mulheres não tinham levado a vida que queriam. Seu tio nunca ousou se declarar. Quantas outras frustrações secretas estariam ocultas na história de sua família? Uma imensa tristeza se apossou dele. O convívio com os homens tornou-se insuportável. Só lhe restava o contrabando. Atirou-se a isso de corpo e alma. Vivia literalmente no barco. Era só o que podia ser: contrabandista. Não dava nenhuma importância aos cigarros; poderiam ter sido jóias, álcool ou sacolas cheias de papel sem valor; o essencial eram aquelas viagens noturnas, aqueles momentos de imensos silêncios a vagar pelo mar.

Quando anoitecia, soltava as amarras e a noite começava. Ia até a ilha de Montefusco, uma ilha minúscula ao largo da costa italiana, que era a encruzilhada de todos os tráficos. Era ali que os albaneses descarregavam suas cargas roubadas e que aconteciam as trocas. Na volta, seu barco vinha pesado de caixas de cigarros. Brincava de esconde-esconde com as lanchas da alfândega e sorria com isso, pois sabia que era o melhor e que ninguém jamais conseguiria apanhá-lo.

Às vezes chegava até a ir à Albânia. Para isso, usava um barco maior. Mas, lá no fundo, não gostava dessas viagens. Não, o que gostava mesmo era de pegar seu barco de pescador e navegar ao largo da costa, de enseada em enseada, como um gato que vai ladeando as paredes, na suave escuridão da ilegalidade.

Deslizava pela água. Em silêncio. Estirado no fundo do barco, guiava-se apenas pelas estrelas. Nesses momentos, não era nada. Esquecia-se de si mesmo. Ninguém mais o conhecia. Ninguém mais lhe falava. Era um ponto perdido no mar. Uma barca de madeira minúscula oscilando nas águas. Ele não era nada e deixava que o mundo o invadisse. Tinha aprendido a entender a língua do mar, as ordens do vento, o murmúrio das ondas.

Só havia mesmo o contrabando. Precisava do céu inteiro, cheio de estrelas molhadas, para dar vazão à sua melancolia. Não pedia nada. Apenas que o deixassem deslizar sobre as águas abandonando, atrás de si, os tormentos do mundo.

Alguma coisa não estava normal. Donato atracou na pequena enseada da ilha de Montefusco. Era uma hora da manhã. Debaixo da figueira, no local onde Raminuccio costumava estar à sua espera com o carregamento de cigarros, não havia ninguém.

A voz de Raminuccio ressoou na escuridão, meio gritando, meio cochichando:

— Aqui, Donato!

Alguma coisa não estava normal. Donato subiu devagar o barranco, entre pedras e figueiras-da-barbária, e chegou à entrada de uma pequena gruta. Raminuccio estava ali, com uma lanterna na mão. Atrás dele, dois vultos, sentados nas pedras, imóveis e calados.

Com o olhar, Donato interrogou o outro que se apressou a explicar:

— Não se preocupe. Está tudo certo. Não tenho cigarros hoje, mas tenho coisa melhor. Espere só. Para você, não muda nada. Basta deixar os dois no local de costume. Matteo vai passar para buscar, como combinado. Tudo bem?

Donato assentiu com a cabeça. Raminuccio pôs em suas mãos um bolo de dinheiro e murmurou, sorrindo:

— Está vendo? Paga melhor que os cigarros.

Donato não contou o dinheiro, mas, pelo volume, soube que havia ali o triplo ou o quádruplo da quantia habitual.

Os passageiros embarcaram em silêncio. Donato nem os cumprimentou. Começou a remar para se afastar da enseada. Era uma mulher, de uns vinte e cinco anos, acompanhada do filho que devia ter entre oito e dez anos. De início, Donato só prestou atenção nas manobras que tinha de fazer e não teve tempo de observar aqueles dois, mas, logo a seguir, a costa da ilha desapareceu. Estavam em alto-mar. Donato acionou o motor e, agora, não tinha mais nada a fazer a não ser olhar para os passageiros. O menino tinha deitado a cabeça no colo da mãe e fitava o céu. A mulher se mantinha bem ereta. Tinha uma bela aparência. Pelas roupas e pelas mãos, fortes e calejadas, via-se que era uma pessoa pobre, mas todo o seu rosto expressava uma dignidade austera. Donato mal ousava falar. Aquela presença feminina em seu barco vinha lhe impor uma timidez desconhecida.

— Cigarro? — indagou ele oferecendo-lhe um maço. A mulher sorriu e fez que "não" com a mão. Donato ficou com ódio de si mesmo. Um cigarro. Claro que ela não ia querer. Acendeu um para si mesmo e falou novamente, apontando o próprio peito com o dedo:

— Donato. E você?

A mulher respondeu com uma voz doce que preencheu a noite.

— Alba.

Ele sorriu, repetiu várias vezes "Alba", para mostrar que tinha entendido e achava o nome lindo; depois, não soube mais o que dizer e se calou.

Passou toda a travessia contemplando o belo rosto do menino e os gestos carinhosos da mãe que o cobria com os braços para que ele não se resfriasse. O que lhe agradava, acima de tudo, era o silêncio daquela mulher. Sem saber por quê, estava cheio de uma espécie de orgulho. Guiava seus passageiros para o litoral do Gargano com segurança. Nenhum barco da alfândega jamais os encontraria. Era o mais esquivo dos contrabandistas. Sentia uma vontade cada vez maior de ficar assim, no barco, com aquela mulher e aquela criança. De nunca mais voltar a atracar. Nessa noite, pela primeira vez sentiu essa tentação. Nunca mais voltar. Ficar ali. No mar. Contanto que a noite durasse para sempre. Uma noite imensa, do tamanho de uma vida toda, sob as estrelas, a pele salgada por causa dos respingos. Uma vida noturna, levando aquela mulher e o filho de um ponto a outro da costa clandestina.

O céu ficou menos escuro. Logo, logo, avistaram a costa italiana. Eram quatro horas da manhã. Donato atracou a contragosto. Ajudou a mulher a desembarcar, carregou o menino, e, depois, voltando-se para ela uma última vez, com o rosto feliz, disse *"ciao"*. E, para ele, essa palavra queria dizer muito mais. Queria lhe desejar boa sorte. Dizer-lhe que tinha adorado aquela travessia. Queria lhe dizer que ela era linda e que ele adorava seu silêncio. Que seu filho era um ótimo menino. Queria dizer que gostaria de voltar a vê-la, que poderiam fazer tantas travessias quantas ela quisesse. Mas só soube dizer *"ciao"*, com os olhos felizes e cheios de esperanças. Tinha certeza de que ela entenderia tudo o que estava por detrás daquela simples palavra, mas ela só respondeu ao seu cumprimento e entrou no carro que estava à sua espera. Matteo desligou o motor e veio cumprimentar Donato, deixando os dois passageiros sentados no banco de trás do automóvel.

— Correu tudo bem? — perguntou ele.

— Correu — murmurou Donato.

Olhou para Matteo e achou que poderia fazer as perguntas que não teve a presença de espírito de fazer a Raminuccio.

— Quem é essa gente? — indagou então.
— Clandestinos albaneses.
— Estão indo para onde?
— Primeiro, vão ficar por aqui. Depois vamos levá-los para Roma de caminhão. De lá, vão para mil lugares diferentes. Alemanha. França. Inglaterra.
— Ela também? — perguntou Donato que não conseguia ligar essa mulher às redes a que Matteo se referia.
— É melhor que os cigarros, não? — perguntou o outro sem responder à sua pergunta. — Estão dispostos a dar tudo para pagar a travessia. Praticamente podemos pedir o que quisermos.

Riu, deu um tapinha no ombro de Donato, se despediu, entrou no carro e desapareceu cantando os pneus.

Donato ficou sozinho na praia, atônito. O sol ia nascendo com a lentidão magistral de um soberano. A água cintilava com reflexos rosados. Ele tirou do bolso o maço de dinheiro e contou. Dois milhões de liras. Havia ali o equivalente a dois milhões de liras em notas amarrotadas. Somando-se a parte de Raminuccio, a de Matteo e a do chefe do esquema, a mulher deve ter pago pelo menos uns oito milhões de liras. Donato se sentiu imensamente envergonhado. E começou a rir. Com o riso carniceiro de Rocco Mascalzone. Ria como um louco porque acabara de compreender que tirara os últimos tostões daquela mulher. Ria, pensando:

"Sou um monstro. Dois milhões. Tirei dois milhões dela e do filho. E fiquei dando sorrisos, perguntando o seu nome, achando que ela estava gostando da travessia. Sou o mais miserável dos homens. Roubar uma mulher, arrancar até o seu último tostão, e, depois, puxar conversa com ela. Não nego que sou neto de Rocco. Sem fé. Sem vergonha. Não valho mais que os outros. Sou até pior. E, agora, estou rico. Tenho o suor de toda uma vida no bolso e vou comemorar isso no café, e pagar uma rodada para todos. O filho dela ficou me olhando assustado e eu já estava me vendo ensinando a ele sobre as estrelas e os ruídos do mar. Que vergonha, para mim e para essa linhagem de degenerados que carrega meu sobrenome de ladrão."

Daquele dia em diante, Donato nunca mais foi o mesmo. Um véu lhe cobriu os olhos e foi assim até o dia de sua morte, do mesmo jeito que outros trazem uma cicatriz no rosto.

Os sumiços de Donato eram cada vez mais freqüentes. Suas viagens, cada vez mais longas. Ele se embrenhava na solidão sem dizer uma palavra, sem nenhuma hesitação. Continuava vendo o primo Michele, filho de Raffaele, porque era comum ir dormir no cubículo que ficava no *trabucco*. Michele teve um filho: Emilio Scorta. Foi para ele que Donato disse suas últimas palavras. Quando o menino fez oito anos, Donato o levou para andar de barco, como seu tio Giuseppe tinha feito com ele tempos atrás, e deram um passeio ao ritmo lento das águas. O sol se pôs no mar, iluminando a crista das ondas com um lindo tom rosado. O menino ficou calado durante toda a viagem. Gostava muito do tio Donato, mas praticamente não ousava lhe fazer perguntas.

Finalmente, Donato se voltou para ele e disse, com voz doce e grave:

— As mulheres têm olhos maiores que as estrelas.

O menino concordou sem entender nada. Mas nunca esqueceu aquela frase. Donato quis cumprir o juramento dos Scorta. Transmitir todo o seu saber a um dos seus. Tinha passado muito tempo pensando nisso. Perguntou a si mesmo o que sabia, o que a vida lhe tinha ensinado. A única coisa que se destacava era aquela noite passada com Alba e o filho. Os grandes olhos negros de Alba nos quais ele tinha mergulhado deliciado. É verdade. As estrelas lhe pareceram minúsculas comparadas àquelas pupilas de mulher que hipnotizavam a própria lua.

Foram as últimas palavras que disse. Os Scorta nunca mais o viram. Não voltou a atracar. Não passava de um ponto que se deslocava entre duas costas, uma barca navegando pela noite. Não transportava mais cigarros. Tinha se tornado um transportador de clandestinos e isso era tudo o que fazia agora. Da costa albanesa à costa da Puglia, sem cessar, pegava e trazia estrangeiros que vinham tentar a sorte: jovens, magérrimos porque comiam pouco, e que fitavam a costa italiana com um olhar faminto. Jovens cujas mãos tremiam de impaciência para trabalhar. Iam desembarcar numa terra nova. Venderiam sua força de trabalho a quem quisesse comprá-la, descadeirados de tanto colher tomates nas grandes propriedades agrícolas da Foggia, ou com a cabeça inclinada à luz da lâmpada das pequenas fábricas clandestinas de Nápoles. Iam trabalhar como bestas de carga, admitindo que lhes fizessem suar até a última gota, aceitando o jugo da exploração e o violento império do dinheiro. Sabiam de tudo isso. Que os seus corpos jovens ficariam marcados para sempre por aqueles anos de trabalho duro demais para um homem, mas estavam com pressa. E, quando se aproximavam da costa italiana, Donato via que todos eles se iluminavam com aquele brilho da impaciência voraz.

O mundo se despejava em seu barco. Era como as estações do ano. Via se aproximarem habitantes de países atingidos por alguma calamidade. Tinha a impressão de tomar o pulso do planeta. Via albaneses, iranianos, chineses, nigerianos. Todos passando por sua pequena barca. Ele os acompanhava de costa a costa, num permanente vaivém. E nunca foi interceptado pela alfândega italiana. Deslizava sobre as águas como um navio fantasma, mandando se calarem aqueles que transportava sempre que ouvia, ao longe, o ruído de um motor.

Muitas mulheres viajaram em sua barca. Albanesas que iam arranjar emprego como arrumadeiras nos hotéis do litoral, ou em casas de família como acompanhantes de idosos. Nigerianas que vendiam o corpo no acostamento da estrada entre Foggia e Bari, usando sombrinhas coloridas para se proteger do sol. Iranianas, exaustas, para quem a viagem estava apenas começando, já que iam para bem mais longe, para a França ou para a Inglaterra. Donato as fitava. Em silêncio. Quando alguma delas viajava sozinha, ele sempre dava um jeito de lhe devolver o dinheiro antes que ela desembarcasse. E, toda vez que fazia isso, quando a mulher erguia para ele os grandes olhos espantados, agradecendo baixinho ou até mesmo lhe beijando as mãos, ele murmurava: "Faço isso por Alba", e se persignava. Alba era sua obsessão. No começo, chegou a pensar em perguntar aos albaneses que transportava se a conheciam, mas sabia que isso seria em vão. Ficava mudo. Enfiava nas mãos das mulheres sozinhas os maços de notas que elas próprias lhe tinham dado algumas horas antes. Por Alba. "Por Alba", dizia ele. E ficava pensando: "É por Alba que faço isso; Alba de quem tirei tudo. Alba que deixei num país que provavelmente fez dela uma escrava." Muitas vezes aquelas mulheres acariciavam o seu rosto com a ponta dos dedos. Para abençoá-lo e recomendá-lo ao céu. Faziam aquilo com delicadeza, como se estivessem diante de uma criança, pois sentiam que aquele homem caladão, aquele barqueiro taciturno nada mais era que uma criança que fala com as estrelas.

DONATO ACABOU DESAPARECENDO DE VEZ. A princípio, Elia não ficou preocupado. Uns amigos pescadores o tinham avistado. Ouviram ele cantando, como gostava de fazer, à noite, voltando de uma daquelas viagens secretas. Isso provava que Donato ainda estava por lá, em algum ponto do mar. Simplesmente, estava levando mais tempo para voltar. Mas as semanas se passaram, depois, os meses, e Elia teve de se render à evidência: o irmão tinha sumido.

Aquele desaparecimento lhe deixou uma ferida profunda no coração. Em noites de insônia, rezava para que seu irmão não tivesse morrido afogado durante uma tempestade. A idéia era insuportável. Ficava imaginando seus últimos instantes em meio à violência das ondas. Seus gritos de desespero. Chegava mesmo a chorar imaginando essa morte terrível na solidão, a morte dos náufragos que só podem se persignar diante do ventre sem fundo do mar.

Donato não morreu numa tempestade. No último dia de sua vida, estava deslizando suavemente na água. As ondas embalavam seu barco sem violência. O sol estava forte e refletia na imensidão do mar, queimando sua pele. "É incrível a gente se queimar no meio da água", pensou ele. "Posso sentir o sal. Por todo canto. Em minhas pálpebras. Em meus lábios. No fundo de minha garganta. Logo, logo serei um corpinho branco, encolhido no fundo do barco. O sal corroerá os meus líquidos, a minha carne, e me conservará como se conservam peixes nas bancas dos mercados. Os estragos do sal, é disso que vou morrer. Mas é uma morte lenta e tenho tempo pela frente. Tempo para deixar a água rolar ainda um pouco a meu lado."

Contemplou a costa, ao longe, pensando que ainda seria fácil voltar. Teria de fazer algum esforço, é claro, pois seu corpo estava enfraquecido por todos aqueles dias sem comer, mas ainda podia voltar. Daqui a pouco não daria mais. Daqui a pouco, mesmo com toda a vontade do mundo, a costa já seria uma linha inatingível e tentar se aproximar dela, um terrível pesadelo. Como os homens que se afogam em alguns centímetros de água: a profundidade não é nada; o negócio é ter força para manter a cabeça acima da superfície. Daqui a pouco, não conseguiria mais. Por enquanto, fitava a linha caótica de sua terra que dançava no horizonte e era como se estivesse lhe dizendo adeus.

Gritou com todas as suas forças. Não para pedir socorro, mas, simplesmente, para ver se ainda podiam ouvi-lo. Gritou. Nada se moveu. Ninguém respondeu. A paisagem continuava a mesma. Nenhuma luz se acendeu, nenhum barco vinha se aproximando. A voz de seu irmão não respondeu. Nem mesmo de longe. Nem mesmo abafada. "Estou longe", pensou ele. "O mundo já não me ouve mais. Será que meu irmão gostaria de saber que foi ele que chamei quando me despedi do mundo?"

Sentiu que, agora, não tinha mais forças para voltar atrás. Tinha ultrapassado o limiar. Mesmo que um súbito remorso se apossasse dele, não tinha como dar meia-volta. Perguntou a si mesmo quanto tempo levaria até que desmaiasse. Duas horas? Talvez mais. E depois, para passar da inconsciência à morte? Quando a noite caísse, tudo se aceleraria. Mas o sol ainda estava ali e o protegia. Virou a barca para ficar de frente para ele. O litoral ficou às suas costas. Já não o via mais. Deviam ser cinco ou seis horas da tarde. O sol estava baixando. Vinha descendo em direção ao mar para se pôr. O sol desenhava na água um longo rastro rosado e alaranjado que fazia o dorso dos peixes brilharem. Era como uma estrada se abrindo na água. Donato apontou a proa para o sol, para o centro daquele caminho de luz. Tudo o que tinha a fazer era avançar. Até o fim. O sol lhe queimava a mente, mas, até o fim, ele continuou falando.

— Lá vou eu. Estou sendo escoltado por um cardume de polvos. Os peixes vêm me rodear e carregam minha barca em suas costas de escamas. Estou me afastando. O sol me mostra o caminho. Basta seguir seu calor e enfrentar seu olhar. Ele reduziu seu brilho para não me cegar. Porque me reconhece. Sou um de seus filhos. Ele está esperando por mim. Juntos, mergulharemos nas águas. Sua enorme cabeça hirsuta de fogo fará o mar estremecer. Espessas nuvens de vapor indicarão àqueles que estou deixando que Donato morreu. Sou o sol... Os polvos estão me acompanhando... Sou o sol... Até o fim do mar...

SEI COMO VOU ACABAR, DOM SALVATORE. Entrevi o que vão ser meus últimos anos de vida. Vou perder a razão. Eu lhe expliquei, já começou. Vou perder a noção das coisas. Confundir rostos e nomes. Vai ficar tudo embaralhado. Sei que minha memória vai se esvaziar e, em breve, não conseguirei distinguir mais nada. Serei um corpinho seco sem lembranças. Uma velha sem passado. Já vi isso acontecer. Quando éramos crianças, uma vizinha mergulhou na senilidade. Não lembrava mais nem do nome do filho. Não o reconhecia quando ele estava à sua frente. Tudo o que a cercava era inquietante. Ela esquecia pedaços inteiros da própria vida. Era vista pelas ruas, vagando como um cachorro. Perdeu o contato com o mundo à sua volta. Passou a viver só com seus fantasmas. É isso que me espera. Vou esquecer o que me cerca e ficar na companhia de meus irmãos em pensamento. As lembranças vão se apagar. O que é bom. É uma maneira de desaparecer que me convém. Vou esquecer minha própria vida. Vou caminhar para a morte sem medo nem hesitação. Não haverá mais motivo algum para chorar. Vai ser tranqüilo. O esquecimento vai aliviar minhas mágoas. Vou esquecer que tinha dois filhos e que um deles foi *tirado de mim. Vou esquecer que Donato morreu e o mar ficou com seu corpo. Vou esquecer tudo. Será mais fácil assim. Vou ser como uma criança. É. Isso me parece bom. Vou me diluindo suavemente. Morrendo um pouco a cada dia. Vou abandonar Carmela Scorta sem nem perceber. No dia de minha morte, já nem me lembrarei de quem fui. Não ficarei triste por estar deixando os meus, pois eles terão se tornado estranhos para mim.*

Tudo o que tenho a fazer é esperar. O mal está em mim. E vai apagar tudo progressivamente.

Nunca vou falar com minha neta. Vou morrer antes que ela tenha idade para isso ou, se por acaso durar um pouco mais, já terei esquecido o que queria lhe dizer. São tantas coisas... Tudo vai estar embaralhado. Não conseguirei distinguir mais nada. Ficarei balbuciando. Ela vai ter medo de mim. Raffaele tinha razão: as coisas precisam ser ditas. Eu lhe contei tudo. O senhor contará a ela, dom Salvatore. Quando eu tiver morrido ou não passar de uma velha boneca que não sabe mais falar, o senhor lhe contará tudo por mim. Anna. Não vou conhecer a mulher que ela vai se tornar, mas gostaria que, dentro dela, restasse um pouco de mim.

O senhor lhe dirá, dom Salvatore, que não é absurdo afirmar que a avó dela era filha de um velho polonês chamado Korni. O senhor lhe dirá que decidimos ser os Scorta e ficar bem juntinhos em torno desse nome para nos manter aquecidos.

O vento está carregando minhas palavras. Não sei para onde vai levá-las. Vai espalhá-las pelas colinas. Mas o senhor vai cuidar para que ao menos algumas delas cheguem até Anna.

Estou tão velha, dom Salvatore... Agora, vou me calar. Muito obrigada por ter me acompanhado. Pode voltar para casa, se quiser. Estou cansada. Volte. Não se preocupe comigo. Vou ficar mais um pouco para pensar nisso tudo uma última vez. Muito obrigada, dom Salvatore. Estou lhe dizendo adeus. Quem sabe se vou reconhecê-lo quando nos virmos de novo? A noite está agradável. Fresquinha. Vou ficar aqui. Adoraria que o vento resolvesse me levar.

IX

Terremoto

IX

Terremoto

UM MINUTO ANTES, NADA ACONTECIA e a vida ia passando, lenta e tranqüila. Um minuto antes, a tabacaria estava cheia, como todos os dias desde o começo desse verão de 1980. O vilarejo estava repleto de turistas. Famílias inteiras tinham vindo lotar os *campings* da costa. Nos três meses do verão, a cidade enchia os cofres pelo ano todo. A população triplicava. Tudo ficava diferente. Chegavam moças, lindas, livres, trazendo consigo as últimas modas do Norte. O dinheiro circulava a rodo. Durante três meses, a vida em Montepuccio ficava enlouquecida.

Um minuto antes, era essa alegre multidão de corpos bronzeados, mulheres elegantes e crianças risonhas que se amontoava pelo corso. Bares e restaurantes ficavam lotados. Carmela fitava o fluxo contínuo de turistas pela avenida. Era agora uma velhinha de corpo sem viço e mente atrapalhada, que passava os dias sentada numa cadeira de palha, recostada na parede da tabacaria. Tinha se tornado a sombra que já havia pressentido. A memória a abandonara e sua mente havia vacilado. Era como um recém-nascido num corpo enrugado. Elia cuidava dela. Contratou uma mulher do vilarejo que se encarregava de alimentá-la e vesti-la. Ninguém podia mais falar com ela. Olhava para todos com os olhos assustados. Tudo era ameaça. Às vezes, começava a gemer como se estivessem lhe torcendo os punhos. Era assaltada por terrores obscuros. Quando ficava agitada, não era raro vê-la perambulando pelas ruas do bairro. Gritava pelos irmãos. Era preciso convencê-la a voltar e tentar acalmá-la com toda paciência. Acontecia até de não reconhecer o próprio filho. E isso era cada vez mais freqüente. Olhava para ele e dizia: "Meu filho Elia vai vir me buscar." Nesses momentos, Elia cerrava os dentes para não chorar. Não havia o que fazer. Todos os médicos que tinham consultado disseram a mesma coisa. Só lhe restava acompanhá-la pela lenta estrada da senilidade. O tempo a estava devorando brandamente e começou seu banquete pela cabeça. Agora, Carmela não passava de um corpo vazio sacudido por espasmos de pensamentos. Às vezes um nome, uma lembrança lhe passavam pela mente. Então, ela pedia, com a mesma voz de antigamente, notícias do vilarejo. Não tinham esquecido de agradecer a dom Salvatore pelas frutas que enviara? Que idade tinha Anna? Elia já tinha se acostumado a esses falsos retornos de lucidez. Eram apenas espasmos. Ela sempre acabava voltando a seu silêncio profundo. Não ia mais a lugar nenhum desacompanhada. Se ficasse sozinha, perdia-se pela cidade e começava a chorar naquele emaranhado de ruas que não reconhecia mais.

 Nunca voltou àquele lugar atrás da igreja, onde reinava o velho confessionário carcomido pelos anos. Nem cumprimentava dom Salvatore quando cruzava com ele na rua. Todos aqueles rostos eram agora desconhecidos. Para ela, o mundo que a cercava tinha brotado do nada. Não fazia mais parte dele. Ficava ali, na cadeira de palha, às vezes falando baixinho, retorcendo as mãos ou comendo as amêndoas assadas que o filho lhe dava, com a alegria de uma criança.

Um minuto antes, ela estava ali, com os olhos perdidos no vazio. Ouvia a voz de Elia conversando com os clientes dentro da loja, e aquela voz era o bastante para ela saber que estava em casa.

De repente, uma comoção tomou conta do vilarejo. As pessoas estancaram nas ruas. Um rugido fez tudo estremecer. Vindo de lugar nenhum. Apenas estava ali. Por todo lado. Parecia um bonde correndo pelo asfalto. De súbito, as mulheres empalideceram ao sentir que o solo começava a se mexer sob suas sandálias de verão. Algo parecia correr pelas paredes. Copos tilintavam nos armários. Abajures caíam das mesas. As paredes ondulavam como folhas de papel. Os montepuccianos tiveram a sensação de terem construído sua cidade no lombo de um animal que agora acordava e se debatia depois de séculos de sono. Os turistas fitavam atônitos o rosto dos habitantes do lugar e seus olhos incrédulos perguntavam: "O que está acontecendo?"

Depois, ouviu-se uma voz berrando pela rua; uma voz que logo foi seguida por dezenas de outras: "Terremoto! Terremoto!" Então, a incredulidade dos corpos deu lugar ao pânico das mentes. O rugido era fortíssimo e abafava todos os outros ruídos. Sim, a terra estava tremendo, rachando o asfalto, cortando a eletricidade, abrindo grandes fendas nas paredes das casas, derrubando cadeiras e inundando as ruas de entulho e poeira. A terra estava tremendo com uma força que nada parecia poder deter. E os homens voltavam a ser minúsculos insetos correndo pela superfície do globo e rezando para não serem tragados.

Mas o rugido já começava a enfraquecer e as paredes pararam de tremer. Os homens mal tiveram tempo de dar nome ao estranho furor da terra e tudo já ia se aquietando. A calma voltou a reinar com a espantosa simplicidade dos fins de tempestades. Montepuccio inteira estava nas ruas. Por uma espécie de reflexo, todos saíram das casas, o mais depressa possível, com medo de se ver aprisionados numa armadilha de entulho caso as paredes viessem abaixo numa nuvem de escombros. Estavam nas ruas, como sonâmbulos. Olhando o céu com ar apalermado. Algumas mulheres começaram a chorar. De alívio ou de medo. Algumas crianças berravam. A multidão de montepuccianos não sabia o que dizer. Estavam todos ali, olhando uns para os outros, felizes por estarem vivos, mas ainda tomados por um tremor íntimo. Não era mais a terra que rugia até os seus ossos; agora era o medo que os fazia baterem os dentes.

Antes que as ruas começassem a ecoar gritos e chamados, antes que todos contassem os seus, antes que se começasse a comentar infinitamente aquele golpe do destino com um alarido interminável, Elia saiu da tabacaria. Tinha ficado lá dentro durante todo o terremoto. Não teve tempo de pensar em nada, nem mesmo em sua possível morte. Seus olhos percorreram a calçada e ele se pôs a gritar: "Miuccia! Miuccia!" Mas ninguém se assustou com aquilo. Pois, naquele mesmo instante, o corso tinha se enchido de gritos e chamados. E a voz de Elia foi abafada pelo barulho da multidão que ganhava vida novamente.

CARMELA FOI ANDANDO BEM DEVAGAR pelas ruas repletas de poeira. Andava com obstinação, como há muito não fazia. Uma nova força a sustentava. Ia abrindo caminho entre os grupos, contornava as fendas abertas no chão. E falava bem baixinho. Tudo se embaralhava em sua mente. O terremoto. Seus irmãos. O velho Korni agonizante. O passado vinha à tona como magma incandescente. Ia pulando de uma lembrança a outra. Um monte de rostos se comprimia dentro dela. Não prestava mais nenhuma atenção ao que a cercava. Umas mulheres a viram passar e gritaram por ela, perguntando se estava tudo bem, se o cataclismo não tinha destruído nada em sua casa. Mas ela não respondeu. Seguia adiante, teimosa, absorta em seus pensamentos. Subiu a via dei Suplicii. Era uma ladeira íngreme e ela teve de parar várias vezes para tomar fôlego. Aproveitou essas pausas para contemplar o vilarejo. Via homens, na rua, em mangas de camisa, examinando as paredes para avaliar os estragos. Via crianças fazendo perguntas às quais ninguém era capaz de responder. Por que a terra tremeu? Vai tremer de novo? E, já que as mães não respondiam, ela respondeu, logo ela, que não falava há tanto tempo. "Vai sim, vai voltar a tremer. Vai tremer de novo. Porque os mortos estão com fome", disse ela em voz baixa.

Depois, recomeçou a caminhar, deixando para trás o vilarejo e seu alarido. Chegou ao fim da via dei Suplicii e virou à direita, na estrada de San Giocondo, até alcançar as grades do cemitério. Era para lá que estava indo. Tinha se levantado da cadeira de palha com essa idéia na cabeça: ir até o cemitério.

Sua mente pareceu se acalmar quando ela empurrou o portão. E um último sorriso de jovem apareceu em seu rosto de velha.

No momento em que Carmela se embrenhou pelas aléias do cemitério, fez-se um grande silêncio em Montepuccio. Como se, de repente, a mesma idéia houvesse ocorrido a todos os seus habitantes. O mesmo temor se apossou de todas as mentes e a mesma palavra surgiu em todos os lábios. "A réplica." Cada tremor de terra é seguido por uma réplica. É inevitável. Ia haver um novo abalo. E não ia demorar. De nada adiantava se alegrar e voltar para casa antes que ela acontecesse. Então, os montepuccianos ficaram bem junto uns dos outros, na praça, no corso, nas ruelas. Houve quem fosse buscar cobertores e alguns objetos de valor, para o caso de suas residências não resistirem a esse segundo ataque. Depois, instalaram-se todos na torturante expectativa da infelicidade.

Só Elia continuava a correr de um lado para outro, gesticulando, abrindo caminho entre as pessoas e perguntando a todos os rostos conhecidos: "Minha mãe. Viram minha mãe?" E, em vez de responderem, todos lhe repetiam: "Venha se sentar, Elia. Fique aqui. Espere. A réplica não vai tardar. Fique conosco." Ele, porém, não lhes dava ouvidos, e prosseguia em sua busca como uma criança perdida na multidão.

Na praça, ouviu uma voz que gritava: "Vi sua mãe. Ela pegou o caminho do cemitério." E Elia rumou para a direção indicada sem sequer tentar identificar o homem que o tinha ajudado.

A RÉPLICA FOI TÃO BRUSCA QUE DERRUBOU Elia de cara no chão. Ele foi atirado no asfalto, bem no meio da rua. A terra rugia sob seu corpo. As pedras rolavam sob seu ventre, suas pernas, as palmas de suas mãos. A terra se esticava, se contraía e ele podia sentir todos os seus espasmos. O rugido ressoava em seus ossos. Durante alguns segundos, ficou assim, de cara na poeira; depois, o tremor se reduziu. Restou apenas um eco distante de uma cólera que passou. Com esse segundo chamado, a terra vinha se impor à memória dos homens. Estava ali. Vivia debaixo de seus pés. E talvez um dia, por cansaço ou fúria, os engolisse a todos.

Assim que sentiu a barulheira se acalmar, Elia se levantou. Um pouco de sangue lhe escorria pelo rosto. Tinha cortado o supercílio ao cair. Mas, voltou a correr em direção ao cemitério sem nem mesmo tentar enxugar aquele sangue.

O portão estava no chão. Passando por cima dele, Elia entrou pela aléia principal. Por todo lado, as lápides tinham sido derrubadas.

Longas frestas se estendiam pelo solo, como cicatrizes no corpo de alguém adormecido. As estátuas estavam rachadas. Algumas cruzes de mármore jaziam na grama, em pedaços. O cemitério tinha sido atravessado pelo terremoto. Era como se cavalos enfurecidos houvessem corrido em disparada por suas aléias, pisoteando as estátuas, derrubando as urnas e os buquês de flores secas. O cemitério tinha vindo abaixo como um palácio construído sobre areia movediça. Elia chegou até uma grande fenda que obstruía o caminho. Fitou-a em silêncio. Aqui, a terra não voltara a se fechar inteiramente. Naquele instante, soube que de nada adiantaria chamar por sua mãe. Soube que nunca mais voltaria a vê-la. A terra a tinha tragado. E não a devolveria. Por um instante, ainda sentiu no calor do ar o seu perfume de mãe.

A terra tinha tremido e arrastado para suas profundezas o velho corpo cansado de Carmela. Não havia mais nada a dizer. Ele se persignou. E permaneceu um bom tempo de cabeça baixa, no cemitério de Montepuccio, em meio aos vasos quebrados e aos túmulos abertos, com a carícia do vento quente que secava o sangue em seu rosto.

ANNA, ESCUTE, É A VELHA CARMELA que está falando com você, bem baixinho... Você não me conhece... Por tanto tempo fui uma velha senil de quem você mantinha distância... Eu nunca falava... Não reconhecia ninguém... Anna, escute, vou contar tudo desta vez... Sou Carmela Scorta... Nasci diversas vezes, em idades diferentes... Primeiro, com o carinho da mão de Rocco... Depois, mais tarde, no convés do navio que nos trazia de volta para nossa terra miserável, com o olhar que meus irmãos me dirigiam... Com a vergonha que tomou conta de mim quando me tiraram da fila em Ellis Island, para me pôr de lado...

A terra se abriu... Sei que foi para mim... Estou ouvindo os meus me chamando. Não tenho medo... A terra se abriu... Basta eu entrar nessa fenda... Vou até o centro da terra para rever os meus... O que é que estou deixando para trás?... Anna... Gostaria que você ouvisse falar de mim... Anna, escute, chegue mais perto... Sou uma viagem fracassada ao outro lado do mundo... Sou dias de tristeza ao pé da maior das cidades... Fui raivosa, covarde e generosa... Sou a secura do sol e o desejo do mar.

Não soube o que dizer a Raffaele e ainda choro por isso... Anna... Até o fim, tudo o que consegui ser foi a irmã dos Scorta... Não tive coragem de ser de Raffaele... Sou Carmela Scorta... Estou desaparecendo... Que a terra volte a se fechar às minhas costas...

X
A procissão de santo Elias

ELIA ACORDOU TARDE, COM A CABEÇA um tanto pesada. O calor não tinha diminuído durante a noite e tivera um sono agitado. Maria deixou a cafeteira preparada e foi abrir a tabacaria. Ele se levantou, sentindo-se lerdo e com a nuca molhada de suor. Não pensava em nada, a não ser que hoje seria mais um longo dia: era a festa do padroeiro. A água fresca do chuveiro lhe fez bem, mas, assim que saiu do banho, assim que vestiu uma camiseta branca, o calor e a umidade voltaram a atacar. Eram apenas dez horas da manhã. O dia prometia ser abafado.

Nessa hora, seu pequeno terraço ficava na sombra. Ajeitou uma cadeira para tomar ali o seu café, esperando encontrar um pouquinho de ar fresco. Morava numa casinha branca coberta de telhas vermelhas. Uma das casas tradicionais de Montepuccio. O terraço ficava no térreo, avançando pela calçada e protegido por uma cerca. Sentou ali, degustando o café e tentando recuperar a forma.

Umas crianças estavam brincando na rua. O pequeno Giuseppe, filho da vizinha, os dois irmãos Mariotti e alguns outros que Elia conhecia de vista. Faziam de conta que matavam os cachorros das redondezas, que abatiam inimigos invisíveis ou se perseguiam uns aos outros. Gritavam. Agarravam-se. Escondiam-se. De repente, sua mente reteve uma frase. Uma frase que um dos meninos gritou para os companheiros: "Não podemos ultrapassar o *vecchietto*." Elia ergueu a cabeça, fitando a rua. Os meninos se perseguiam, escondendo-se atrás do pára-choque dos carros estacionados junto ao meio-fio. Com os olhos, Elia procurou um velho para avaliar quais seriam os limites da brincadeira, mas não havia ninguém por ali. "Não ultrapasse o *vecchietto*", repetiu um dos garotos, aos berros. Foi então que entendeu. E sorriu. O *vecchietto* era ele mesmo. Sentado em sua cadeira, era ele o velhote que servia de limite para as corridas das crianças. Sua mente voou para longe e ele esqueceu os meninos, os gritos e os tiros imaginários. Lembrou que os seus tios ficavam sentados assim, como estava hoje, diante de casa. E que, naquele tempo, ele os achava velhos. Que sua mãe, antes de morrer, sentava nessa mesma cadeira de palha, e passava a tarde inteira contemplando as ruas do bairro e se deixando impregnar por seus ruídos. Agora, era sua vez. Estava velho. Toda uma vida tinha se passado. Sua filha estava com vinte anos. Anna. A filha que ele não se cansava de contemplar. É, o tempo tinha passado. E era sua vez de sentar naquelas cadeiras de palha, nas esquinas, olhando para os jovens que passavam sempre apressados.

Tinha sido feliz? Reviu todos aqueles anos. Como avaliar a vida de um homem? A sua tinha sido como todas as demais. Sucessivamente cheia de alegrias e de lágrimas. Perdeu aqueles que amava. Os tios. A mãe. O irmão. Conheceu essa dor. Sentir-se só e inútil. Mas conservava intacta a alegria de ter Maria e Anna a seu lado, e isso compensava todo o resto. Tinha sido feliz? Reviu os anos que se seguiram ao incêndio da tabacaria e a seu casamento. Tudo aquilo lhe parecia tão distante, como numa outra vida... Pensou naqueles anos e lhe pareceu que não tivera um único segundo para recuperar o fôlego. Corria atrás do dinheiro. Trabalhou tanto que suas noites não eram mais longas que uma sesta. Mas tinha sido feliz, sim. Seu tio tinha razão, o velho tio Faelucc' que um dia lhe dissera: "Tire proveito de seu suor." Foi o que aconteceu. Tinha sido feliz e se sentido exausto. A felicidade nasceu desse cansaço. Tinha lutado. Tinha se obstinado. E, agora, que tinha se tornado esse velhote sentado na cadeira de palha; agora, que tinha conseguido reerguer a loja, dar à mulher e à filha uma vida confortável; agora, que podia ser plenamente feliz porque estava fora de perigo, a salvo da miséria, não experimentava mais aquele sentimento tão intenso de felicidade. Vivia com conforto e tranqüilidade, o que já era uma sorte. Tinha dinheiro, mas aquela felicidade selvagem, extraída da vida à força, tinha ficado para trás.

O pequeno Giuseppe foi chamado pela mãe. Elia foi despertado de seus pensamentos pelo som quente e possante da voz materna. Ergueu a cabeça. Os meninos saíram correndo como uma nuvem de gafanhotos. Ele se levantou. O dia ia começar. Hoje era Dia de Santo Elias. Estava muito quente. E tinha tantas coisas para fazer...

Saiu de casa e subiu o corso. Montepuccio tinha mudado. Tentou lembrar como eram as coisas há cinqüenta anos. Quantas das lojas que conheceu em criança ainda estavam ali? Lentamente, tudo foi se transformando. Os filhos tinham assumido os negócios dos pais. Os letreiros tinham sido trocados. As varandas, aumentadas. Elia foi caminhando pelas ruas ornamentadas para a festa e esta era a única coisa que não tinha mudado. Hoje, como ontem, o fervor da cidade iluminava as fachadas. Guirlandas de lâmpadas elétricas pendiam de uma calçada a outra. Passou diante da vitrine da loja de balas. Duas carroças enormes, repletas de caramelos, alcaçuz, pirulitos e todo o tipo de balas deixavam as crianças enlouquecidas. Um pouco mais longe, o filho de um camponês chamava a garotada para dar uma volta de mula. Descia e subia o corso, incansável. De início, os meninos se agarravam ao animal, apreensivos, mas, depois, imploravam aos pais que pagassem por outra volta. Elia se deteve. Lembrou do velho asno Muratti. O asno fumante de seus tios. Quantas vezes Donato e ele não tinham montado o animal, com a alegria dos conquistadores? Quantas vezes não tinham implorado a *zio* Mimi e *zio* Peppe que os levassem para uma voltinha? Adoravam o velho asno. Morriam de rir ao vê-lo fumar aquelas longas hastes de trigo. E, quando o velho animal, com aqueles olhinhos marotos e maliciosos, cuspia o restinho do trigo com a indiferença de um velho camelo do deserto, os meninos batiam palmas a mais não poder. Adoravam aquele animal. O asno Muratti morreu de um câncer nos pulmões — o que acabou provando aos incrédulos que ele efetivamente fumava, tragando a fumaça como um homem. Se tivesse vivido um pouco mais, Elia teria cuidado dele com o maior carinho. Sua filha iria adorar. Imaginava as gargalhadas da pequena Anna ao ver o velho burrico. Teria levado a filha para passear montada no asno pelas ruas de Montepuccio e as crianças da vizinhança iam perder a fala. Mas Muratti morreu. Fazia parte de um passado que Elia parecia ser o último a poder recordar. Pensando nisso tudo, seus olhos se encheram de lágrimas. Não por causa do asno, mas porque tinha se lembrado do irmão, Donato. Tinha se lembrado daquele menino estranho e caladão que participava de todas as suas brincadeiras e conhecia todos os seus segredos. É, tinha tido um irmão. Donato era a única pessoa com quem Elia poderia falar sobre a infância com a certeza de ser compreendido. O cheiro dos tomates secos em casa de tia Mattea. As berinjelas recheadas de tia Maria. As brigas com os meninos da vizinhança, quando atiravam pedras uns nos outros. Como ele, Donato vivera tudo isso. Poderia se lembrar daqueles anos distantes com a mesma precisão e a mesma saudade que ele. E, hoje, Elia estava sozinho. Donato nunca mais voltou e aquele desaparecimento tinha feito surgirem duas rugas profundas debaixo de seus olhos, as rugas de um irmão órfão de seu irmão.

A UMIDADE DEIXAVA A PELE PEGAJOSA. Nem uma brisa vinha secar o suor dos corpos. Elia ia andando lentamente, tentando não encharcar a camisa, tomando o cuidado de andar pela sombra, junto às paredes. Chegou diante do grande portão branco do cemitério e entrou.

Àquela hora, e em dia de festa do padroeiro, não havia ninguém ali. As velhas tinham acordado cedo para pôr flores no túmulo dos maridos saudosos. Tudo estava vazio e silencioso.

Embrenhou-se pela aléia, por entre o mármore branco em que o sol batia em cheio. Ia devagar, apertando os olhos para ler o nome dos defuntos gravado na pedra. Todas as famílias de Montepuccio estavam ali. Os Tavaglione, os Biscotti, os Esposito, os De Nittis. De pai para filho. Primos e tias. Todos. Gerações inteiras convivendo num parque de mármore.

"Conheço mais gente aqui que lá na cidade", disse ele com seus botões. "Os meninos, hoje de manhã, tinham toda razão. Sou um velhote. Quase todos os meus estão aqui. Acho que é assim que percebemos que os anos já nos alcançaram."

Encontrou, nessa idéia, uma estranha forma de consolo. Tinha menos medo da morte quando pensava em todos os que conhecia e que já tinham feito aquela passagem. Como uma criança que treme diante do fosso a ser transposto, mas que, vendo os amigos pularem e passarem para o outro lado, ganha coragem e murmura consigo mesma: "Se eles conseguiram, também vou conseguir." Era exatamente isso que estava dizendo a si mesmo. Se toda aquela gente tinha morrido, e ninguém era mais valente ou mais aguerrido que ele, então, ele também poderia morrer.

Aproximava-se, agora, do setor onde os seus estavam enterrados. Cada um de seus tios tinha sido sepultado junto com a esposa. Não havia túmulo que fosse grande o bastante para os Scorta. Mas todos tinham pedido expressamente para não ficarem longe demais uns dos outros. Elia se afastou um pouco. Sentou-se num banco. De onde estava, via todos eles. Tio Mimì *va fan'culo*. Tio Peppe *pancia piena*. Tio Faelucc'. Ficou ali por um bom tempo. Ao sol. Esquecido do calor. Não reparando mais no suor que lhe escorria pelas costas. Revia os tios tal como os tinha conhecido. Lembrava das histórias que lhe tinham contado. Amara aqueles três homens com toda a força de seu coração de criança. Bem mais que seu pai — que muitas vezes lhe parecia um estranho, pouco à vontade nas reuniões de família, incapaz de transmitir aos filhos um pouco de si mesmo, ao passo que os três tios nunca deixaram de zelar por ele e por Donato, com a generosidade de homens maduros, um pouco cansados do mundo, diante de crianças pequenas e inocentes. Elia não conseguia fazer uma lista completa de tudo o que havia herdado deles. Palavras. Gestos. E até valores. Percebia isso agora que também era pai e que sua filha, já crescida, às vezes censurava suas idéias que considerava arcaicas. O silêncio quanto ao dinheiro, a palavra dada. A hospitalidade. E o rancor tenaz. Tudo aquilo vinha de seus tios. Sabia disso.

Ficou ali, sentado no banco, deixando as idéias se misturarem com as lembranças, um sorriso nos lábios, cercado pelos gatos que pareciam brotar do chão. Seria o calor do sol batendo em cheio em sua cabeça que estava lhe dando alucinações? Ou será que os túmulos realmente deixaram seus ocupantes sair por um breve instante? Pareceu-lhe que a vista foi ficando turva e que estava vendo os tios bem ali, a uns duzentos metros de distância. Viu os três. Domenico, Giuseppe e Raffaele, em redor de uma mesa de madeira, jogando cartas, como tanto gostavam de fazer, no corso, nos finais de tarde. Ficou atônito, e não se moveu. A visão era tão nítida... Talvez estivessem um pouco mais envelhecidos, mas nem tanto. Todos tinham conservado os mesmos tiques, os mesmos gestos, a mesma silhueta. Riam. O cemitério era todo deles. Pelas aléias vazias, ecoava o barulhinho das cartas jogadas com força sobre a mesa.

Um pouco mais afastada, lá estava Carmela. Olhava o jogo. Chamava a atenção de um irmão que tivesse jogado mal. Defendia o que fosse criticado pelos outros.

Uma gota de suor pingou das sobrancelhas de Elia obrigando-o a fechar os olhos. Foi então que notou como o sol estava forte. Levantou-se. E, sem perder de vista os seus entes queridos, foi se afastando, de costas. Em pouco tempo, já não podia mais ouvir sua conversa. Fez o pelo-sinal e recomendou a alma deles a Deus, pedindo-Lhe humildemente que os deixasse jogar cartas enquanto o mundo fosse mundo.

Depois, deu meia-volta e foi embora.

SENTIU ENTÃO UM DESEJO IMPERIOSO de falar com dom Salvatore. Não de paroquiano para vigário — Elia não era de freqüentar a igreja —, mas de homem para homem. O velho calabrês ainda vivia, ao ritmo lento da velhice. Um novo vigário já estava em Montepuccio. Um jovem nascido em Bari, chamado dom Lino. Que agradava às mulheres. Elas o adoravam e viviam dizendo que já não era sem tempo de Montepuccio ter um padre moderno, que entendesse os problemas atuais, e soubesse falar com os jovens. E dom Lino sabia de fato tocar o coração da juventude. Era seu confidente. Tocava violão na praia, durante os longos saraus que aconteciam no verão. Sabia também tranqüilizar as mães. Degustava as tortas que elas preparavam e ouvia seus problemas conjugais com um sorriso cheio de discrição e atenção. Montepuccio andava muito orgulhosa de seu pároco. Todos os seus habitantes, excetuando-se os velhos, que só viam nele um galanteador. Acima de tudo, tinham sido cativados pelo jeito franco e rude de camponês de dom Salvatore, e achavam que aquele *barese* não tinha a fibra de seu antecessor.

Dom Salvatore não quis sair de Montepuccio. Era ali que desejava viver seus últimos dias, cercado por suas ovelhas, na sua igreja. Não se podia saber a idade do calabrês. Era um velho seco, musculoso, e com um olhar de ave de rapina. Já estava beirando os oitenta, e o tempo parecia ter se esquecido dele. A morte não vinha.

Elia foi encontrá-lo no pequeno jardim, descalço no gramado e com a xícara de café na mão. Dom Salvatore o convidou a sentar-se junto dele. Os dois homens se gostavam muito. Conversaram um pouco e, depois, Elia se abriu com o amigo sobre o que o andava atormentando:

— As gerações se sucedem, dom Salvatore. E, afinal de contas, que sentido tem tudo isso? Será que, no fim, chegamos a algum lugar? Veja minha família. Os Scorta. Cada qual lutou a seu modo. E, a seu modo, todos conseguiram se superar. Para chegar a quê? A mim? Será que sou realmente melhor do que meus tios foram? Não. Para que serviram então todos os seus esforços? Para nada, dom Salvatore. Para nada. E essa constatação me dá vontade de chorar.

— É — respondeu o velho padre —, as gerações se sucedem. Basta fazer o melhor que pudermos e, depois, passar o bastão e ceder nosso lugar.

Elia ficou calado por um instante. Gostava daquele jeito que o padre tinha de não tentar simplificar os problemas ou lhes dar um aspecto positivo. Muita gente da Igreja tem esse defeito. Vendem o paraíso a seu rebanho e acabam todos assumindo aquele discurso imbecil de conforto barato. Dom Salvatore, não. Parecia até que sua fé não lhe trazia qualquer consolo.

— O que estava me perguntando — prosseguiu o padre —, exatamente quando você chegou, Elia, era o que aconteceu com esta cidade. É o mesmo problema. Em outra escala. Diga-me, o que aconteceu com Montepuccio?

— Ela virou um saco de dinheiro em cima de um monte de pedras — respondeu Elia amargamente.
— É. O dinheiro os deixou loucos. O desejo de ter dinheiro. O medo que ele possa faltar. É só nisso que todos pensam.
— Talvez — acrescentou Elia —, mas temos de admitir que os montepuccianos não morrem mais de fome. As crianças não têm mais malária e todas as casas têm água corrente.
— É — disse dom Salvatore. — Enriquecemos, mas quem poderá avaliar, um dia, o empobrecimento que acompanhou essa evolução? A vida da cidade é pobre. E esses idiotas nem perceberam isso.

Elia achou que dom Salvatore estava exagerando, mas lembrou da vida de seus tios. Será que tinha feito por seu irmão Donato o que seus tios fizeram uns pelos outros?

— Agora, chegou nossa vez de morrer, Elia.

O vigário disse essas palavras com brandura.

— É — respondeu Elia. — Minha vida ficou para trás. Uma vida de cigarros. Todos aqueles cigarros vendidos, que não são absolutamente nada. Só vento e fumaça. Minha mãe suou, minha mulher e eu suamos sobre esses maços de folhas ressecadas que se volatilizaram entre os lábios dos clientes. Tabaco que virou fumaça. É com isso que minha vida se parece. Volutas que somem no vento. Tudo isso não é nada. Vida estranha, essa que os homens tragaram nervosamente, ou em grandes baforadas tranqüilas, nas noites de verão.

— Não tenha medo. Vou partir antes. Você ainda tem algum tempo pela frente.

— É...

— Que pena — acrescentou o vigário. — Gostava tanto dos meus matutos que não consigo deixá-los.

Elia sorriu. Achava essa observação bem estranha na boca de um religioso. E a tal paz eterna, a felicidade de ser chamado para a direita de Deus? Quis apontar essa contradição, mas não ousou fazê-lo.

— Às vezes parece até que você não é um padre de verdade — limitou-se a dizer, sorrindo.
— Nem sempre fui.
— E agora?
— Agora, penso na vida e fico furioso por ter de deixá-la. Penso no Senhor e a idéia de Sua bondade não basta para abrandar minha tristeza. Acho que amei demais os homens, e, por isso, não consigo admitir abandoná-los. Se pelo menos pudesse ter a certeza de receber, de quando em quando, notícias de Montepuccio...
— Temos de passar o bastão — disse Elia, repetindo as palavras do padre.
— É...
Os dois homens se calaram, e, depois, o rosto de dom Salvatore se iluminou.
— As azeitonas são eternas — acrescentou ele. — Uma azeitona não dura. Amadurece e se estraga. Mas as azeitonas se sucedem umas às outras, de modo infinito e repetitivo. Todas são diferentes, mas sua longa cadeia não tem fim. Têm a mesma forma, a mesma cor, foram amadurecidas pelo mesmo sol e têm o mesmo gosto. Então, as azeitonas são eternas. Como os homens. A mesma interminável sucessão de vida e morte. A longa cadeia dos homens não se rompe. Logo, logo será minha vez de desaparecer. A vida está acabando. Mas tudo continua para outras pessoas que não nós.

Mais uma vez, os dois homens ficaram em silêncio. Depois Elia se deu conta de que ia chegar atrasado à tabacaria e se despediu do velho amigo. No momento em que lhe apertou a mão, calorosamente, pareceu-lhe que dom Salvatore ia acrescentar algo, mas o vigário não disse nada e os dois se separaram.

— Mas, o que será que ela está fazendo?

Elia estava agora na porta da tabacaria. A luz do anoitecer acariciava as fachadas. Eram oito horas e, para ele, aquele momento era sagrado. As luzes da cidade tinham se acendido. Uma multidão cerrada se apinhava nas calçadas do corso Garibaldi. Uma multidão imóvel e barulhenta. A procissão estava chegando. E Elia queria estar ali, diante de sua tabacaria, para vê-la passar. Como sempre fizera. Como sua mãe, antes dele, já fazia. Uma multidão que se aglomerava ao seu redor.

— Mas, o que será que ela está fazendo?

Estava esperando a filha. Tinha lhe dito de manhã: "Passe na tabacaria para a procissão" e, como ela disse sim, com um ar de quem não tinha ouvido nada, ele repetiu: "Não se esqueça. Às oito. Na tabacaria." E ela riu, fazendo um carinho em seu rosto e dizendo: "Claro, papai, como todo ano, não vou esquecer."

A procissão ia passar e ela ainda não tinha chegado. Elia começou a resmungar. Afinal, não era tão complicado assim. O vilarejo não era tão grande que alguém pudesse se perder por ali. Na verdade, azar. Se não tinha vindo, é porque não entendia nada.Veria a procissão sozinho. Anna era uma bela moça. Aos dezoito anos, saíra de Montepuccio para estudar medicina em Bolonha. Longos anos de estudo que ela encarava com entusiasmo. Foi Elia que a convenceu a escolher Bolonha. Ela teria ido para Nápoles, mas Elia queria o melhor para a filha e tinha medo da vida napolitana. Era a primeira Scorta a sair do vilarejo e ir tentar a sorte no Norte. Nem pensar em deixar que ela assumisse a tabacaria. Elia e Maria eram totalmente contrários a essa idéia e, aliás, a moça não tinha a menor intenção de fazê-lo. Por enquanto, estava felicíssima por ser estudante numa bela cidade universitária cheia de rapazes de olhos açucarados. Estava descobrindo o mundo. Elia se orgulhava disso. A filha estava fazendo o que ele não fez quando tio Domenico lhe sugeriu essa perspectiva. Anna era a primeira a sair daquela terra seca que não tinha nada a oferecer. Provavelmente, ia embora para sempre. Elia e Maria falaram muitas vezes sobre este assunto: havia grandes chances de ela arranjar um rapaz por lá, decidir ficar morando na cidade, quem sabe até se casar. Logo se tornaria uma daquelas belas mulheres elegantes e cheias de jóias que vêm passar um ou dois meses nas praias do Gargano no verão.

Relembrava tudo isso, parado ali na calçada, imóvel, quando avistou na esquina a grande bandeira de santo Elias que tremulava suavemente, de modo hipnótico, acima da cabeça dos passantes. A procissão estava chegando. À sua frente, um único homem, robusto e resistente, carregava o mastro de madeira de onde pendia a bandeira com as cores da cidade. Vinha caminhando lentamente, sob o peso do veludo, e tomando cuidado para que o mastro não enganchasse nas lâmpadas elétricas que formavam guirlandas de um poste a outro. Atrás dele, seguia a procissão. Agora, podiam ser vistos. Elia se empertigou. Ajeitou o colarinho da camisa. Pôs as mãos para trás e ficou esperando. Estava a ponto de xingar a maldita filha que já tinha virado uma milanesa perfeita quando sentiu uma mão jovem e nervosa se enfiar na sua. Virou-se. Era Anna. Sorridente. Ele a fitou. Era uma linda mulher, cheia da alegre despreocupação de sua idade. Elia a beijou e chegou para o lado para lhe dar lugar, sempre segurando sua mão.

Anna tinha chegado atrasada porque dom Salvatore a tinha levado até o velho confessionário. Conversaram longamente e ele lhe contou tudo. E foi como se a velha voz alquebrada de Carmela houvesse começado a acariciar o mato das colinas. A imagem que Anna conservou da avó — uma velha senil, com um corpo cansado e feio — acabava de ser apagada. Carmela lhe falara pela boca do vigário. E, de agora em diante, Anna carregava consigo os segredos de Nova York e de Raffaele. Tinha decidido não contar nada ao pai. Não queria que tirassem Nova York dos Scorta. Sem que pudesse dizer por quê, aqueles segredos a deixavam forte, infinitamente forte.

A procissão fez uma pausa. Tudo parou. A multidão se calou naquele instante de recolhimento, e, depois, a caminhada recomeçou ao som agudo e possante dos metais da orquestra. A passagem da procissão era um momento de graça. A música inundava as almas. Elia sentiu-se parte de um todo. A imagem de santo Elias vinha se aproximando, trazida por oito homens encharcados de suor. Parecia dançar sobre a multidão, balançando lentamente, como uma barca na água, ao ritmo cadenciado dos passos dos homens. Ao vê-la passar, os montepuccianos se persignavam. Naquele momento, os olhos de Elia encontraram os de dom Salvatore. O velho vigário lhe fez um aceno de cabeça, acompanhado por um sorriso, e o abençoou. Elia reviu aqueles dias do passado, quando tinha roubado as medalhas de são Miguel e a aldeia inteira tinha saído em seu encalço para castigá-lo por aquele gesto herege. Benzeu-se, então, profundamente, para se deixar impregnar pelo calor do sorriso do velho pároco.

Quando a imagem do santo chegou enfim diante da tabacaria, Anna apertou um pouco a mão do pai e este pensou que tinha se enganado. Sua filha seria a primeira a deixar o vilarejo, mas era uma montepucciana de verdade. Era desta terra. Tinha o olhar e o orgulho do lugar. Foi então que ela murmurou em seu ouvido: "Nada é capaz de saciar os Scorta." Elia não respondeu. Ficou espantado com aquela frase e, principalmente, com o tom calmo e decidido da filha ao pronunciá-la. O que estaria querendo dizer? Estaria procurando alertá-lo sobre algum defeito da família que acabara de descobrir? Ou lhe dizer que sabia o que era a velha sede dos Scorta, e também a sentia? Aquela sede que fora a sua força e a sua maldição. Pensou em tudo isso e, de repente, achou que o sentido daquela frase era bem mais simples. Anna era uma Scorta. Acabava de se tornar uma Scorta. Apesar do sobrenome Manuzio. É. Era isso mesmo. Ela acabava de optar pelos Scorta. Ele a fitou. Anna tinha um belo olhar profundo. Anna. A última dos Scorta. Ela estava escolhendo esse nome. Estava escolhendo sua linhagem de comedores de sol. Estava assumindo aquele apetite insaciável. Nada é capaz de saciar os Scorta. O eterno desejo de engolir o céu e beber as estrelas. Quis dizer alguma coisa, mas, naquele instante, a música recomeçou, abafando os murmúrios da multidão. Elia não disse nada. Apertou com força a mão da filha na sua.

Foi então que Maria veio se juntar a eles na porta da tabacaria. Também tinha envelhecido, mas ainda conservava no olhar aquela luz selvagem que deixara Elia enlouquecido. Ficaram ali bem juntinhos, cercados pela multidão. Um sentimento poderoso os invadiu. A procissão estava bem ali. À sua frente. A música possante os embriagava. Toda a cidade estava nas ruas. As crianças com as mãos cheias de balas. As mulheres, perfumadas. Tudo como sempre fora. Ficaram parados diante da tabacaria. Com orgulho. Não aquele orgulho arrogante dos bem-sucedidos, mas simplesmente porque sentiam que aquele momento era exatamente o que deveria ser.

Elia se persignou. Beijou a medalha da Madona que trazia pendurada no pescoço e que sua mãe tinha lhe dado. Seu lugar era ali. Sim, não havia qualquer dúvida a este respeito. Seu lugar era ali. Não podia ser diferente. Diante da tabacaria. Pensou na eternidade daqueles gestos, daquelas orações, daquelas esperanças e se sentiu profundamente reconfortado. "Tinha sido um homem", pensou ele. Apenas um homem. E estava tudo bem. Dom Salvatore tinha razão. Os homens, como as azeitonas, sob o sol de Montepuccio, eram eternos.

No momento em que termino este livro, lembro de todos aqueles que, ao me abrirem as portas dessas terras, permitiram que eu a escrevesse. Meus pais, que me transmitiram o amor pela Itália. Alexandra, que me levou consigo para descobrir o Sul e me proporcionou o prazer e a honra de contemplá-lo através de seus olhos apaixonados e ensolarados. Renato, Franca, Nonna Miuccia, *zia* Sina, *zia* Graziella, Domenico, Carmela, Lino, Mariella, Antonio, Federica, Emilia, Antonio e Angelo. Por sua hospitalidade e seu calor. Pelas histórias que me contaram. Os pratos que me fizeram experimentar. Pelas horas passadas a seu lado no sabor dos dias de verão. Pelo que me transmitiram, sem sequer se dar conta, sobre essa maneira de viver a vida que só encontro nessas terras e que sempre mexe muito comigo. Espero que todos eles encontrem um pouco de si mesmos nessas páginas. Seria apenas uma questão de justiça: eles me acompanharam durante as horas em que me debatia sozinho com a página. Estas linhas foram escritas para eles. Gostaria que dissessem apenas isto: como são preciosos para mim aqueles instantes vividos sob o sol da Puglia.

Do mesmo autor, leia também:

A morte do rei Tsongor

Tradução de Bluma Waddington Vilar

No coração de uma África ancestral, o velho Tsongor, rei de Massaba, soberano de um império imenso, prepara-se para casar a filha. No dia do casamento, porém, surge um segundo pretendente. Começa então uma guerra. Como Tróia sitiada, Massaba resiste; como Tebas, torna-se presa do ódio. O rei morre, mas não pode descansar em paz na cidade devastada.

Grande romance épico e iniciático, este livro de Laurent Gaudé revela numa linguagem envolvente todas as faces da bravura, a beleza exuberante dos heróis, mas também a insidiosa manifestação da derrota em cada um deles. Pois todos de algum modo descobrem em si a infâmia e a vergonha. Essa é a verdade escondida, a que se impõe para além dos assomos do coração e das leis do clã. Talvez seja essa mesma a essência da tragédia.

EDIÇÃO
Izabel Aleixo
Daniele Cajueiro

REVISÃO
Anna Carla Ferreira
Janaína Senna
Patrícia Reis

DIAGRAMAÇÃO
Abreu's System

PRODUÇÃO GRÁFICA
Ligia Barreto Gonçalves

Este livro foi impresso em São Paulo, em abril de 2005,
pela Lis Gráfica e Editora, para a Editora Nova Fronteira.
A fonte usada no miolo é Bembo, corpo 11/15.
O papel do miolo é Chamois Fine Dunas 70g/m²,
e o da capa é cartão Royal 250g/m².

Visite nosso *site*: www.novafronteira.com.br